新 潮 文 庫

深 夜 特 急 6

—南ヨーロッパ・ロンドン—

沢木耕太郎著

新 潮 社 版

5278

目次

深夜特急6

――南ヨーロッパ・ロンドン――

第十六章　ローマの休日　南ヨーロッパⅠ

0
100
200km
ミラノ
ヴェネチア
フランス
ジェノヴァ
ニース
マルセーユ
モナコ
ピサ
フィレンツェ
シエナ
ユーゴスラビア
アドリア海
イタリア
ペスカーラ
ヴァチカン
ローマ
フォッジア
バルレッタ
バーリ
ブリンディジ
地中海
シチリア島
イオニア海
アルジェリア
チュニジア

1

ブリンディジに二泊し、いよいよローマに向かって出発しようという段になって、この旅で最大の危機に見舞われた。といっても、別に泥棒《どろぼう》に有り金のすべてを盗まれたわけでもなければ、大きな交通事故に巻き込まれたわけでもない。肝心のローマ行きのバスが見つからなかったのだ。

イタリアに入れば、バスでの旅は今までとは比べものにならないくらい簡単になると思っていた。バスは小ぎれいで、席もゆったりしているだろう。道路も整備されているだろうし、国境越えだってトルコからギリシャに入る時のようなことはないだろう。すべてがあっけないくらいスムーズに運ぶに違いない。そう思い込んでいたため、出発前にローマ行きのバスについて情報を集めておくことを怠《おこた》っていた。朝、ペンシヨンのおじさんに訊《たず》ねて、それがどんなに甘い考えだったかを思い知らされた。

「ローマへ行くバスなんかない」

ペンションのおじさんは、長距離バスという存在を知らないのではないか、と思えるほどそっけない調子で言うのである。

「でも……」

私が口ごもっていると、おじさんはさらに言った。

「ローマなら列車で行けばいい」

いや、それはわかっているのだが、どうしてもバスで行きたいのだ。そう説明すると、おじさんは断定的な口調で言った。

「バスでローマは行けない！」

私は困惑したあげく、おじさんにツーリスト・インフォメーションの場所を教えてもらい、そこで訊ねることにした。

ところが、そのツーリスト・インフォメーションで応対してくれた男も、私がローマ行きのバスを探していると告げると、いったい何を言っているのか理解できないというように逆に訊ねてきた。

「どこへ行きたいんだって？」

「ローマだ」

「それなら、列車で行けばいい」

「バスで行きたいんだ」

「どこへ」

「だからローマへ」

するとと、お前は正気かという表情を浮かべて言った。

「ローマ行きのバスはない」

なるほどローマへ直行するバスはないのかもしれない。それなら、ローマ方面に向かうバスを乗り継いで行けばいいだけの話だ。私は、どこか途中の町まで行くバスはないか、と訊ねた。

「ない」

そんなはずはないと思ったが、地元のツーリスト・インフォメーションでそう言われて、なおあるはずだと言い張るわけにもいかなかった。私が黙ってしまうと、ツーリスト・インフォメーションの男は、頭のネジがゆるんでいる相手をなだめすかすような口調で言った。

「列車にしておけ」

まったく、イタリアの旅行関係者はどいつもこいつもイタリア国鉄の回し者なのではあるまいか。私はその親切めかした忠告を断固としてはねつけることにした。いや、それは「親切めかした忠告」ではなく、「親切そのものの忠告」だったのだろうが、私には迷惑きわまりない忠告だった。

「どういうバスならあるんだ」

私は質問の角度を変えて訊ねた。

「バスはない」

ツーリスト・インフォメーションの男が言った。しかし、バスはこのブリンディジでもあちこちの通りを走っている。私がそう指摘すると、男は鼻先で笑って言った。

「あれは市内のバスだ」

「市内だけか」

「そうだ」

「では、その中でいちばん遠くまで行っているのはどれだ」

私がなおも食い下がると、男は急に面倒になってきたらしい。紙に「AMET」と書くと、ここで訊いてくれと言った。それは何だと訊ねると、ブリンディジとバーリを結ぶバスだという。地図を開いて調べてみると、バーリはアドリア海沿いにブリンディジから百キロほど離れた町だった。おいおい、勘弁してくれよ、それをさっきから訊いているんじゃないか。私は声を荒らげたくなるのを我慢して訊ねた。

「時間は？」

「さあ、とにかく鉄道駅の傍《そば》だから、そこで訊《き》いてみるといい」

私も彼に教えてもらうことを諦《あきら》め、鉄道駅に向かった。

だが、いくらその周辺を探してもバスのターミナルは見つからない。私の探し方が悪いのかとも思い、通りかかった中年の男性に「AMET」と記された紙を示し、これがある場所はどこだと訊ねると、ニコニコしながら「アッチ」だと教えてくれた。礼を言って「アッチ」へ行ったが、どういうことかバス・ターミナルらしきものは見当たらない。そこでまた、通りがかりの若者に訊ねると「ソッチ」だと指差す。しかし、「ソッチ」に行っても何もない。今度こそはと、信頼のおけそうな初老の男性に訊ねると「コッチ」だと言う。なんだそうなのか、やっぱり「コッチ」だったのか。ところが、やはり「コッチ」にもバス・ターミナルはない。要するに、誰に訊ねてもいい加減な答えばかりだったのだ。わからなければ、わからないと言ってくれればいいのだが、全員が何かを答えてくれるために、そのたびに無駄《むだ》足を踏まなくてはならなくなってしまう。

探し疲れて、また鉄道駅の近くに戻ってきた。のどが渇いたので、キオスク風の店先にあったアイスクリームを買い、何げなく女店員に訊ねると、なんとバーリ行きのバスはその店の前から出るのだという。つまり、バス・ターミナルではなく、バス・ストップがあったのだ。私はこれまでの経験から、始発バスはターミナルから出るとばかり思い込んでいたが、ここでは単に停留所があるにすぎないらしいのだ。このいい加減なイタリア野郎め！と一方的に罵《のの》しっていたが、彼らも無責任にアッチだコッチだと口にしていたのではなく、もしかしたら自分の知っている停留所を教えてくれていたのにもかかわらず、私にその停留所が眼《め》に入らなかっただけなのかもしれなかった。

しかし、イタリア式「いい加減」攻勢はそれで終わったわけではなかった。その女店員にバスの出発時刻を訊ねると、紙にこう書いてくれた。

《10½》

珍しい書き方だったが、これで十時三十分を意味するらしい。ところが、十時半を過ぎてもバスはやって来ない。そこでもういちど確かめると、十時四十五分だったと言う。それでも来ないと十一時だと言い、次には十一時十五分だと言い、しかし、実際にバスが来たのは十一時半過ぎだった。

アドリア海を右手に、ギリシャ以来すでに馴染《なじ》み深いものになったオリーブ畑を左手に見て、バスはバーリに着く。

だが、困難はバーリに着いてからも続いた、いや、困難はそれ以上だったかもしれない。バーリの次に私の地図に出ている町はフォッジアという町だったが、誰に聞いても、フォッジア行きのバスはないという。フォッジアなら列車で行け、列車なら二時間で行く、とこれまたバーリの市民のすべてがイタリア国鉄の回し者ではないかと思えるほどしつこく言われ、それにもめげずバスのルートを探し求めた結果、ようやくわかったのは、フォッジアへバスで行くにはひとまずモルフェッタまで行き、バスを乗り継いでバルレッタへ行き、そこからさらにフォッジア行きのバスに乗るより仕方がないということだった。私はみんなの勧めを振り切って、その細切《こまぎ》れバスでフォッジアに向かうことにした。

しかし、バーリからモルフェッタ、モルフェッタからトラーニ、トラーニからバルレッタ、バルレッタからフォッジアと、バスを探し求めながら乗り継いでいるうちに、ひょっとしたら、こんなに楽しいバスの旅は久しぶりかもしれないなと思うようになってきた。

それは、乗ったバスのすべてが生活のためのバス、つまり文字通りのローカル・バスだったことによる。ひとたび発車してしまうと目的地に到着するまでほとんど停《と》まらない長距離バスと違い、この生活のためのバスは飽きるほど停留所に停まる。そのたびにいかにもイタリア人らしい風貌雰囲気《ふうぼうふんいき》のおじさんやおばさんが乗ったり降りたりする。午後四時を過ぎると、これに学校帰りの生徒が加わり、しばらくすると、仕事を終えた人たちの乗り降りが目立つようになる。

トラーニからバルレッタへ向かうバスでは、途中から十人くらいの女子工員らしい女性がどっと乗り込んできた。まだ十代と思われる彼女たちは、私の前の座席に陣取ると、しばらくはお喋《しゃべ》りをしながらこちらを窺《うかが》っていたが、やがてどうにも好奇心を抑え切れなくなったらしく、私が笑いかけたのを切っ掛けにひとりが訊ねてきた。しかし、イタリア語のためわからない。

「ノー・イタリアーノ」

私が言うと、別のひとりがイタリア語のアクセントの強い英語で言った。

「どこからきたの？」

「日本」

すると、その言葉はみんなに理解できたらしく、声を上げた。

「日本人？」

「そう、日本人」

私が答えると、別のひとりが訊ねてきた。

「ユアー・イアー？」

イアーだろうがエイジだろうが、彼女が年齢を訊ねていることはきちんとわかる。私が答えると、さらに別のひとりから唐突な質問が飛んできた。

「マリッジ？」

結婚しているかと訊ねているらしい。いや、結婚はしていない。私が答えると、またさらに別のひとりが訊ねてきた。

「旅行をしているの？」

「そう」

「どのくらい」

「一年になる」

その答えに彼女たちはまた大きな声を上げる。若い男の車掌《しゃしょう》をはじめ、他の乗客も私たちのやりとりに耳を澄ましているらしいことが感じられる。

「私の夢も外国に行くことだわ」

英語の喋《しゃべ》れる少女がそう言った。イタリアのような他国と地続きの国の少女にとってさえ、異国がやはり夢の対象であるらしいことが印象的だった。

すると今度は、髪が黒く長い少女がイタリア語で盛んに何か言い出した。英語の喋れる少女が通訳してくれたところによれば、今日はこれからどこに行くのかと訊いているらしい。

「行けるところまで」

私の答えを聞いて、黒い髪の少女はこう言った。今日はバルレッタで泊まったらどうか。宿がなかったら、私の家に泊まったらいい……。私はその言葉に何だか嬉《うれ》しくなり、バルレッタという名前さえ知らなかったその町で一泊するのも悪くないかなという気になってきた。

終点のバルレッタに着き、彼女たちと一緒に降り、この付近に安いペンションがあるかと訊ねると、もちろんあるという。そして、英語の喋れる少女と黒い髪の少女とが案内してくれることになった。

ところが、いざ彼女たちに案内してもらおうとすると、そのやりとりを聞いていた車掌が、バスから降りてきて、ペンションなら俺《おれ》が案内すると言い出した。少女たちはバスの車掌とふたことみこと言葉を交わすと、意外とあっさり「チャオ」と手を振って去っていってしまった。私はそのあっけなさに拍子抜けしてしまった。彼女たちのいないバルレッタに興味はなかった。家に泊めてもらおうとまで図々《ずうずう》しいことは考えていなかったが、少なくとも二人のうちのどちらかとは一緒に映画のひとつも見られるかもしれないという程度の期待はあった。私は、どうしても知り合いのペンションに連れていくといってきかないバスの車掌を説得し、なんとかひとりで停留所の前にある小さなバールに飛び込むことができた。

イタリアのバールは「ＢＡＲ」と書き、酒場と喫茶店の中間のようなものだったが、そのバールは、十歳になるかならないかという男の子がひとりで店番をしていた。私と眼が合うと、片眼をつぶって笑いかけ、何か言った。イタリア語のためわからないが、どうやらさっきの出来事の一部始終を見ていて、残念だったね、というような意味のことを言っているらしい。ずいぶんませた応対の仕方だが、笑顔がとても人なつっこい。

男の子は、私がカウンターの前に立つと、

「カプチーノ？」

と訊いてきた。私が頷《うなず》くと、男の子はすぐに入れて出してくれた。コーヒーに泡立《あわだ》てたミルクを注ぐだけのものだったが、なるほど本場イタリアのカプチーノはおいしかった。

彼に名を訊ねると、アンジェロと名乗った。少女たちとのデートは成立しなかったが、アンジェロのこのカプチーノによって、バルレッタという町は私の記憶に残ることになりそうだった。


バルレッタからフォッジア行きのバスが出る頃《ころ》にはすっかり日も暮れていた。薄暗く感じられた車内灯がしだいに明るさを増してくる。乗客もまばらで、私を入れても五組しか乗っていない。前方の座席には若い男女のカップルと中年の男性がひとり坐《すわ》っており、そこと私が坐っているいちばん奥の座席のあいだに二組の親子が坐っている。ひと組は、三十代後半と思われる男性とその小さな息子、もうひと組はやはり三十代と思われる女性と幼い娘、という組み合わせだった。

その二組の家族が通路を挟んで左右に別れて坐っている。初めのうち、私はそれをひとつの家族と思っていた。男と女は夫婦であり、男の子と女の子は兄妹なのだろうと。しかし、すぐにその二つの家族が他人同士だということがわかった。娘は母親にしか話しかけず、息子も父親としか言葉を交わさない。そればかりでなく、男の子の存在が気になるらしい女の子が、首を伸ばして様子をうかがっている姿がとても兄妹とは思えなかったからだ。偶然、男親と息子、女親と娘という組み合わせの家族が通路を挟《はさ》んで並んでいたにすぎなかったのだ。

一方、男の子には私という存在が気になるらしく、盛んにこちらを振り向く。だが、私と視線が合うと慌《あわ》てて背もたれに隠れてしまう。しかし、ついに意を決したらしく、席を立つとこちらに近寄ってきた。それに気がついた父親が小さな声で叱《しか》ったが、私がいいんですよというように首を振るとそれ以上は止めなかった。

男の子は、私のザックの脇《わき》についていて、バスが揺れるたびに可愛《かわい》い音を立てている銀色の鈴に心が奪われてしまったらしい。

「いいよ」

私が頷くと、男の子は鈴に手を触れた。チリリンといい音がした。その様子を見て、女の子も近づいてきて、二人で鈴に触りはじめた。

チリリン、チリリンと、イタリアの田舎の暗い夜道を走るバスの中で、日本製の小さな鈴は可憐《かれん》に鳴りつづけた。

私が二人の相手をしていると、彼らの父と母はそれぞれこちらを向き、すみませんねというように微笑《ほほえ》んだ。そして、男の子の父親が、子供というのはまったくね、といった感じの言葉を女の子の母親に投げかけた。イタリア語で確かなことはわからないが、いずれにしてもそのような子供の親としてのごく普通の台詞《せりふ》だったと思う。しかし、それに対して母親が軽い調子で応じたのを切っ掛けに、二人のあいだで会話が弾んでいった。しばらくすると、父親は母親の隣の席に移り、会話には高らかな笑い声も混じるようになった。

バスがフォッジアに着くと、父親と母親はそれぞれの子供にコートを着させた。女の子の母親もコートを着たが、その際に男の子の父親がさりげなく手を添えるのが眼に留まった。

バスを降りると、父親と母親は私に向かって子供の相手をしてくれたことの礼を述べた。

「アリヴェデルチ！」

さようなら。私が僅《わず》かに知っているイタリア語で別れの挨拶《あいさつ》をすると、四人も声を揃《そろ》えて言った。

「アリヴェデルチ！」

そして、その二つの家族は、まるで元からひとつの家族であるかのように一緒に歩き出した。男の子と女の子はふざけあって声を上げ、それを見守る父親と母親はそれぞれの大きなバッグを手にしながら肩を並べて歩いていく。あるいは夜の食事でも一緒にすることになったのだろうか。それともただ単に目的地が同じ方向だったにすぎないのだろうか……。

彼らの姿が見えなくなって、現実に立ち返った。さて、これからどうしよう。とりあえずフォッジアまでは辿《たど》り着けたが、次のバスはどこから乗れるのかがわからない。しかし、もう真っ暗になっている。私がいささか途方に暮れながらザックを路上に置き、辺《あた》りを見廻《みまわ》していると、そこに二人組の少年が通りかかった。

「どうしましたか」

たどたどしい英語で訊《たず》ねてくれた。ローマへ、バスで行きたいのだが。私が言うと、彼らは少し怪訝《けげん》そうな顔をしていたが、二人でしばらく話し合ったあとで案内に立ってくれた。

二人のうちのひとりが、歩きながら私の顔を見て訊ねてきた。

「ジャパニーズ?」

「そうだよ」

「マスタツ?」

マスタツという日本人を知っているかと訊ねているらしい。残念だがそんな人は知らない。私がいやと答えると、二人は意外そうな表情を浮かべた。こういうことはこれまでもよくあった。私がテヘランで名前も曖昧《あいまい》なホテルをすぐに見つけられると誤解していたように、日本人なら自分の知り合いの日本人のことは誰でも知っていると思い込んでいるようなことがよくあった。

「マスタツ、知らない？」

「知らない」

「カラテ、知らない？」

知ってる、と答えそうになって、慌ててそれを飲み込んだ。タイではうっかり柔道を知っていると答えて、キック・ボクサーの卵と闘わされそうになってうろたえたことがある。ここはひとつ正確に答えておこう。知っているけど、やったことはない。

するとそれまで黙っていたもうひとりの少年が、

「キョクシン、知らない？」

と訊ねてきた。

「キョクシン？」

「イエス、キョクシン」

キョクシン、キョクシン……そうか、極真のことか。

「オー、キョクシン！」

私が大仰《おおぎょう》に言うと、二人は弾んだ声を上げた。

「イエス、キョクシン！」

彼らは、極真カラテの創始者である大山倍達《ますたつ》を知っているかと訊ねていたのだ。

「極真カラテ？」

「イエス！」

「大山倍達？」

「イエス！」

でもどうして大山倍達を知っているのだろう。私が訊ねると、少年たちは立ち止まり、手にしているスポーツ・バッグのファスナーを引き開けた。そこにはカラテの稽《けい》古着《こぎ》と帯があった。彼らはこの町で極真カラテを習っていたのだ。

「君たちは極真のレッスンを受けているのか」

「イエス！」

彼らは極真カラテがいかに凄《すご》いか、熱っぽく話しはじめた。高段者になれば、いかに多くの煉瓦《れんが》を割れるか。どれほど厚い板を打ち破ることができるか。マスタツは一撃のもとに牛さえ倒すことができるのだ！

ローマとかミラノとかいった大都市ではなく、昨日まで名前も知らなかったイタリアの小さな町に、これほど熱心な日本製格闘技の信奉者がいる。それは辺境の地でセイコーやパナソニックの広告を見るよりはるかに感動的なことだった。

やがて鉄道の駅に着いた。この近くにバス・ストップがあるのかと思っていると、彼らは先に立って駅の構内に入り、窓口のひとつに向かった。

ローマに行くなら、ここで列車のチケットを買えばいいのだと言う。意志が通じていなかったことに私は少し落胆し、いや、鉄道ではだめなのだ、バスでローマに行きたいのだ、と説明した。彼らにそれを理解させるのはひと苦労だったが、とにかくなんとかわかってもらえたらしい。

私たちのやりとりを聞いていた駅員は無理だ無理だというように盛んに首を振る。ローマなどにバスで行けるはずがないという態度だ。隣の町に行くバスでもいいから乗り場に連れていってくれないだろうか。そう頼むと、少年たちは駅員と何事か熱心に相談していたが、しばらくしてにっこり笑って言った。

「オーケー」

しかし、彼らが連れていってくれたところは、バスの停留所ではなく、ペンションの前だった。ここに泊まって、明日バスに乗った方がいいと言うのだ。

少しでもローマに近づいておきたかったが、彼らの好意を無にしたくなかった。今夜はここに泊まろう。私が大きく頷いて、

「グラッチェ」

と言うと、彼らはホッとしたように笑った。

2

ローマに辿り着いたのは、次の日の夜遅くだった。

フォッジアからアドリア海沿いにペスカーラまで行き、イタリア半島を横断するようなかたちでローマに入ったのだ。バス探しの苦行は相変わらずだったが、この日は前日以上にそれを面白がっていられる余裕があった。

パトラスからの船の上では、これで旅も終わったのだ、と悲観的になっていたが、それから何日もたたないうちに、これほど心楽しいバスの旅は二度と味わえないかもしれないなどと思っている。そのいい加減さには、イタリア人もびっくりだろうと我ながらおかしくなってしまう。

ローマに到着した私は、ひとまずテルミニ駅に行き、その周辺にあると聞いていた

安宿を探すことにした。

バスを降りた共和国広場から、通行人に教えてもらった方向に歩いていく。

確かに夜遅い時間ではあったが、通りを走る車のライトと洒落《しゃれ》たデザインの街灯とで、遺跡とモニュメントと建築とが混然と一体になったようなローマの街並ははっきりと見ることができた。美しいロータリーがあり、その中央に泉がある。左右対称の堅牢《けんろう》な教会の横には、古代ローマ時代のものと思われる壁が剝《む》き出しになっている。石造りの古い建物の窓からは、カーテンの向こうにあるだろう団欒《だんらん》を想像させる柔らかい光が洩《も》れてくる。だが、そこを歩いている私には、すべてがまるで映画のセットの中にいるような現実感のなさだった。

ローマっ子とも多くすれ違った。男も女もさほど背は高くないが、どちらも着こなしが上手だった。とりわけ女性は、これまでの街ではあまり見かけなかったような個性的な着こなしをしている。今年の流行らしいモスグリーンのロング・コートを着ていても、それに組み合わされたスカーフの色使いがあか抜けていた。くたびれたジーンズにブーツをはいた若い女性も、ざっくりとした男物のようなセーターに粋《いき》な帽子をかぶっていたりする。

もしこれが本当に映画のセットだとすれば、私はここでどんな役を演じることになるのだろう。単なる通行人の役か、それとも、小さいながら何かの役が振り向けられるのだろうか……。

何軒かのペンションで料金を訊ね、ローマの安宿の相場のおおよそのところを摑《つか》んだ私は、一泊二千リラ、千円くらいのところに泊まろうという腹づもりになっていた。歩いていくと、通りに「ペンショーネ」の看板が二つ並んでいる古い建物があった。石造りのアーチ型の門を入ると、左右に階段があり、それぞれの階上にペンションがあった。

私はイタリアの頼りないコインを取り出し、右手で放《ほう》り上げ、それを摑むと左手の甲の上に伏せた。表が出たら右、裏が出たら左、と決めて開けた。裏が出ているので左、ではなくて、右の階段を上った。要するに、私はどちらにしても右のペンションに行くつもりだったのだ。

二階に扉《とびら》があり、ベルを鳴らすと、痩《や》せた鋭い顔つきをした初老の女性が出てきた。それを見て、コインの指示通り左のペンションに行っていればよかったかなと思った。しかし、とりあえず、一泊の値段を訊《き》いた。

「三千リラ」

　女主人が英語で言った。

「シャワーとトイレは？」

「ついてないわ」

「高いなあ」

　私が言うと、女主人に軽く一蹴《いっしゅう》されてしまった。

「安いわよ。それに洗面台はついているしね」

　確かに他と比べて高いということはなかった。しかし、シャワーとトイレなしで三千五百とか四千とかいうのが相場らしかったからだ。しかし、こちらは二千リラと予算を決めている。ここは素直にそうですねと相槌《あいづち》は打てない。

「今はシーズン・オフでしょ」

「冗談じゃないわ。ローマは暖かいから観光客はいっぱいなの。どこも満員よ」

　しかし、それにしてはこのペンションには空室が多くありそうだった。壁にボードが貼《は》ってあり、そこに二十一から二十六、三十一から三十六までの番号が打たれ、L字型のフックに小ぶりのスリコギのような木に結びつけられた鍵《かぎ》がぶら下がっている。鍵がなくなっているフックはわずかに五カ所だけである。フックに鍵が掛かっている残りの七室のうちには外出中のところもあるだろう。しかし、それにしても、満室という状態からほど遠いことは確かなようだった。私は交渉の余地があると踏んだ。そして、そこからの三十分に及ぶ英伊日三カ国語交渉の末、めでたく二千リラで合意を見たのだった。

パスポートをチェックし、鍵を渡してくれる段になると、女主人はまくしたてるように言った。

「水は大事に。電気も無駄《むだ》にしないで。部屋を出るときは必ずスイッチを切ること。イタリアは電気代が高いんだからね」

私にあてがわれた二十四号室は、狭いうえに汚かった。普通は必ず部屋を見せてもらってから決めるのだが、今回は値段の交渉に気を取られすぎたため確かめる機会を失してしまった。ただひとつの救いは天井が高いことだった。

確かに洗面所はある。その横に便器がある。なんだトイレもついているではないか。そう思いかけて、すぐにその誤解に気がついた。便器にしては便座がないのが妙だ。もしかしたら、これが噂《うわさ》のビデという代物なのだろうか。こんなものをつけるくらいならトイレをつけてくれればいいのに、と少し恨めしく思った。

翌日、私は朝からローマの街を歩いた。

ペンションを出た私は、テルミニ駅前のバス・ターミナルで簡略な路線図を貰ったが、とりあえずはバスに乗らず目的も定めないまま歩くことにした。

足は昨夜到着した共和国広場に向く。そのロータリーを大きく廻り込むようにして通過し、そのまま歩いていくとゆるい坂道を下ることになる。広い通りの両側にはブティックや航空会社の看板が目立つ。

坂を下り切ると、何本もの通りが交錯する広場に出る。地下鉄の駅があり、その入口にはバルベリーニと記されている。広場の泉では、法螺貝《ほらがい》を口にした半人半魚の海神が天に向かって水を吹き上げている。そこを右に折れ、細い通りを進んでいくと、小物やアクセサリーを売る店が軒を連ねるようになる。さらに歩き、ホテルと教会が並んでいる一角に出ると、急に明るさを感じるようになる。高台になっており、そのバルコニーからはローマの街が見渡せるようになっているのだ。

教会の前には下の広場へ続く階段がある。踊り場から左右に別れた階段は中央でひとつになって下っている。その階段には、朝だというのに、しかも冬の朝だというのに、ヒッピー風の若者が何組も坐っていた。彼らのあいだをすり抜けるようにして降り、振り返って見上げると、その階段の様子にどことなく見覚えがあるような気がする。どうしてだろう。近くに標識を探して読むと、ピアッツァ・ディ・スパーニャとある。ここがスペイン広場ということは、なるほど、これがあのスペイン階段だったのだ。

少年時代の私がとりわけ好きだった映画に『ローマの休日』がある。オードリー・ヘップバーンのアン王女に、少年時代の私はなかば恋していたのではないかと思う。深夜、ローマ訪問中の宿舎を抜け出したアン王女は、偶然知り合ったグレゴリー・ペックの部屋に泊めてもらい、僅《わず》かな金を借りてローマの街に出ていく。そして、ばっさりとロング・ヘアーを切ったあとで来るのが、このスペイン階段なのだ。ここでアン王女が幸せそうにアイスクリームをなめているシーンは、『ローマの休日』という映画を象徴するシーンとしてばかりでなく、ひとりの女優の生涯《しょうがい》で最高の瞬間をとらえたシーンとしても印象深いものだった。

映画ではもっと広く、もっと賑《にぎ》やかそうだったが、それらの点を除けば、間違いなくあのアン王女が昇り降りしたスペイン階段だ。今は花屋も出ていなければアイスクリーム屋も出ていないが、それは朝という時間帯のせいかもしれず、あるいは冬という季節が理由なのかもしれなかった。

私は広場の前の通りを横切り、その正面に延びている狭い通りを進むことにした。

通りの両側には、びっしりと店が並んでいる。レストランもあるが、多くは衣服をはじめとする貴金属や皮革などの高級ブティックだ。名前を読んでいくと、ブランド名にうとい私でも知っているような有名な店ばかりである。高級の上にさらに超という字のつくような店が多いところを見ると、ここがローマの目抜き通りなのだろう。

やがて、バスの往来の激しい広い通りに出る。そこを突っ切り、真っすぐ行くと、宮殿のような建物が見えてくる。壁の標識にボルゲーゼとある。なおも歩いていくと、大きな河のほとりに出た。テヴェレ河に違いない。水は濁っているが、その土壁のような色は、冬枯れの街にふさわしいといえなくもなかった。

対岸に円筒形の奇妙な建物が見える。そしてそのさらに向こうに大きな円屋根が見える。たぶん、サン・ピエトロ寺院だろう。どうやら私はヴァチカン市国まで歩いてきてしまったらしい。

両側に天使の像が立ち並ぶ橋を渡り、大通りを直進してサン・ピエトロ寺院の前に出る。正面から見ているだけの時にはさほど感じなかったが、柱廊《ちゅうろう》に囲まれた広場に一歩足を踏み入れた瞬間、その壮大さに圧倒された。確かに数十万人が集まれるといわれても納得せざるをえない規模の大きさだった。

広場を突っ切り、寺院の中に入ってみた。薄暗く、眼《め》が慣れるまで少し時間がかかったが、やがて内部の様子がわかってきた。

右手に白く光り輝くものがあり、観光客が取り囲んでいる。近づいてみると、マリアが死せるイエスを抱いている彫像だった。それがミケランジェロの「ピエタ」だということはすぐにわかった。しかし、その有名な「ピエタ」が、このように無造作に置かれているとは想像もしていなかった。まさに手を伸ばせば触れられるといった距離に置いてあるのだ。

私は「ピエタ」の正面に立った。

イエスはマリアの膝《ひざ》の上に横たわっている。ダランと垂れ下がったイエスの右手の甲には磔《はりつけ》にされた時の釘《くぎ》の痕《あと》が残っている。マリアは右腕をイエスの背中から脇《わき》に廻《まわ》し、抱きとめるように支えている。そして、どこを見ているのだろう、悲しげにうつむいている。いや、悲しげなのは、その表情より、中空に投げ出された左手の指の表情だ。

それにしても、このマリアの不思議な若々しさはどうしたことだろう。あたかも、ひとりの男にとっての、母であり、恋人であり、妹であり、娘でもあるという、女性としてのすべての要素を抱え込んでいるかのようだ。私は今までにこれほど美しい女性の姿を見たことがないように思った。

私は、これがミケランジェロ二十五歳の時の作品であるということに衝撃を受けた。自分とほとんど同じ年頃《としごろ》の若者がこのようなものを作り上げたということは信じがたかった。この世で一番美しい女性を造形したのが、今の私とほとんど同じ年頃の十五世紀人だったというのだ。

〈こんなものがこの世に存在していいのだろうか……〉

私は胸の裡《うち》で呟《つぶや》いた。この世の中に天才などというものがいるとは信じたくはないが、この「ピエタ」を作った人物にだけはその呼称を許さざるをえない、と思った。「ピエタ」は、天才が自分の才能を開花させていく過程での一作品という以上の意味を持っている。恐らくは、それが天才の出発点であり、到達点であり、同時にすべてでもあるという作品なのだ。しかし、二十代の半ばにこのような作品を作ってしまったミケランジェロは、それ以降の長い人生の中で、果たしてこれ以上のものを生み出すことができたのだろうか。

この「ピエタ」に比べれば、寺院の内部にあるすべてのものはこけおどしにすぎないと思えた。祭壇の壮麗さも、装飾の華麗さも、どこか予想の範囲という感じがあった。

寺院を出てから、ヴァチカン美術館に足を延ばした。「ピエタ」以降のミケランジエロが見たくなったからだ。私は、ラファエロも、ダ・ヴィンチも、他のすべてを省略してシスティーナ礼拝堂に直行した。そして、壁際《かべぎわ》に据《す》えつけられた長椅子《ながいす》に腰を下ろし、天井に描かれた「天地創造」と正面の壁に描かれた「最後の審判」を見上げた。

画面全体が暗くてぼんやりしているが、力強さと精妙さを併《あわ》せ持った傑作であることは間違いない。しかし、「ピエタ」にはその完璧《かんぺき》さにおいて及ばないと私には思えた。

〈それにしても天才という奴《やつ》は……〉

私はまた胸の奥で呟き、さらにこう付け加えた。

〈まったく困ったものだ〉

何がいったい困ったものなのか、自分でもうまく説明できそうになかったが。

ヴァチカンからの帰り、再びテヴェレ河沿いの並木道を歩いていると、土手の下に小さな食堂があるのが眼に留まった。降りて覗《のぞ》いてみると、作業着を身につけたままの工員や、近所のオフィスから来たと思われる事務員たちで溢《あふ》れている。満席に近いのは安くてうまいという証拠だろう。偶然テーブルがひとつ空いていたので中に入った。

イタリア語しかわからない少年が席につかせてくれ、イタリア語でしか書いてないメニューを出してくれた。周囲を見渡すと、客の多くが簡単なコースになった昼の定食をとっているようだった。私も二種類あるメイン料理のうちの魚を使ったものと思われる方を選んで注文した。

それが正解だった。

とりわけ、最初に出されたシンプルなトマト味のスパゲティーは素晴らしかった。少年に訊《たず》ねると、「ポモドーロ」というのだと教えてくれた。二番目の皿は、鱈《たら》に似た白身の魚をほとんどオリーブ・オイルと香料だけで味つけしたさっぱりしたものだった。テーブルの上に無造作に置いてくれるパンもおいしかったし、小さなキャラフに入れて出してくれた赤のハウス・ワインもおいしかった。それでわずか千二百五十リラ、六百円強に過ぎないのだ。

こんな小さな店が、こんな何げない店が、こんなにおいしいものを出すのだ。私は喜んで少年にチップをはずみながら、あるいはこれが文化というものかもしれないな、などと柄《がら》にもないことを思ったりした。

午後からは市内を走るバスに乗った。

路線図で調べてみると、朝から私が歩いていたのは、ローマの東から西へという横断コースだった。そこで、バスでは、南北を縦断して走っている路線を選んで乗った。終点まで乗り、同じ路線のバスに乗って、また戻ってくる。料金は五十リラ、二十五円。たとえ乗るバスを間違えても、すぐ降りるのに躊躇《ちゅうちょ》しなくてはならないような額ではない。

その気ままなバス・ツアーで、フォロ・ロマーノの脇も通ったし、コロッセオもカラカラ浴場も眺《なが》めることができた。

一日中動き廻り、夕方、ペンションの近くのスーパー・マーケットで、パンとリンゴと生ハムと固形スープの素を買って帰った。テルミニから歩きながら、何軒かレストランを覗いてみたが、値段が高いこともあり、ひとりで入るのがためらわれたこともあって、結局、マーケットで買った食料を部屋で食べることにしたのだ。昼はちょっとした贅沢《ぜいたく》をしたので夜に倹約をするのは必要なことでもあった。

ペンションに戻ると、おばさんに捕まってしまった。

「電気はちゃんと消してってって言ったでしょ！」

朝は八時でもまだ暗く、電気をつけていなければならないほどだったが、部屋を出る際にうっかり消すのを忘れていたらしい。ごめんなさいと素直に謝ると、イタリアは電気代が高いんだから、と昨夜と同じことを言って許してくれた。怒りが収まったところで、私はおばさんに頼み事をした。

「お湯をくれませんか」

おばさんはその用途を聞くと、文句も言わず大きなマグカップにたっぷり熱湯を入れて持ってきてくれた。

私は電気をつけてもなお薄暗い自分の部屋で、固形スープの素を溶かしただけのスープを飲みながら、生ハムをはさんだパンとリンゴ一個の夕食をとった。

窓の外には豆電球のイルミネーションが見える。電線のようなものに巻きつけられ、通りを横断して飾られているのは、クリスマスが近づいているせいなのだろうか。

それにしても、こんな季節だというのに、ローマはどこに行っても観光客がいた。ペンションのおばさんが言っていたこともまんざら嘘《うそ》ではなかったのだ。旅に出て以来、これほどの数の観光客に遭遇したのは初めてだった。これまでは、どこの国でも、何となく珍しい旅人、いわば一種の稀れ人《まれびと》としての扱いを受けていた。だがここではまったく平凡な観光客のひとりとなった。それは楽なような、寂しいような、奇妙な感じだった。

明日はどうしようか。ミケランジェロの「ピエタ」を見てしまったいま、美術館や博物館にはあまり興味が湧《わ》かなかった。コロッセオやカラカラ浴場といったローマ時代の遺跡もことさら見たいとは思わない。だからといって、これだけでローマとさようならをする気にはなれない。ローマにはもうしばらく滞在したい。とすれば……。

やはりあの人に連絡してみようか、と私は思った。

3

翌日、前夜の残り物で朝食を済ませると、一枚のメモ用紙を手にテルミニ駅に行き、公衆電話の前に立った。

そのメモ用紙にはこう記されている。

ADRESS　VIALE　PINTURICCIO　45

PHONE　396－4954

受話器を取り上げ、コインを入れた時にも、まだ躊躇《ちゅうちょ》するものがあった。本当に連絡していいのだろうか。これは一種の裏切り行為なのではないだろうか。しかし、相手の声を聞いてみたいという欲求も抑えがたかった。私はためらいをふっ切るように勢いよくダイヤルを廻した。

電話がつながると、こちらから先に日本語で呼びかけた。イタリア語で出られたりすると、どう対応していいかわからなかったからだ。

「もしもし」

すると、受話器から予想外に柔らかいイントネーションの日本語が聞こえてきた。

「はい、もしもし」

私が吃《ども》るように名前を名乗り、磯崎《いそざき》夫人から紹介を受けた者なのだがと告げると、これもまた意外なことに、電話に出た相手の女性はそれだけで了解してくれ、とにかくこちらにいらっしゃいということになった。

相手の女性は、その電話で、テルミニ駅から自分の家までどのように来たらいいかをテキパキと教えてくれた。何番のバスに乗るか、何という停留所で降りるか、その目標になる建造物にはどのようなものがあるか、停留所からの道順はどうか、部屋は何階にあるか。その教え方の要領のよさには、話し方の柔らかさとは別の、相手の女性の気性《きしょう》が表れているようでもあった。

言われた通りに行くと、間違いなくピントュリッチョ四十五番地のアパートメントに辿《たど》り着くことができた。私は言われた通りに古いエレベーターで五階に上がり、部屋の呼び鈴を押した。

出てきたのは痩《や》せた小柄《こがら》な日本人の女性だった。彼女は、私を一瞬で判断するかのように見据えてから、

「いらっしゃい」

と言った。

通された居間の壁には、私にも見覚えのあるタッチの抽象画が何枚か飾られている。円と直線のモチーフ、中間色を多用したシンプルな色使い……。

「あなたのことは、愛子さんから聞いています」

彼女が言った。どうやら、磯崎夫人が前もって電話しておいてくれたらしい。テヘランのシェラトン・ホテルで磯崎夫妻に夕食を御馳走《ごちそう》になった夜、夫人の愛子さんは、ゲンチャイの夫の名前を書いた紙とは別に、もう一枚のメモ用紙を渡してくれながら、こう言ったのだ。もしローマへ立ち寄ることがあったらこの方のところに連絡するといい。きっと面倒を見てくださると思うから。ただし、と磯崎夫人は言っ

た。その方にゲンチャイのことを喋《しゃべ》ってはだめよ。

その紙には、「先生」の未亡人のアドレスと電話番号が記されてあった。

しかし、アンカラでゲンチャイに会うまで、磯崎夫人に貰《もら》ったそのメモ用紙のことはほとんど忘れていた。ゲンチャイに実際に会うことができ、短いながら印象深い時間を過ごしたあとで、ローマに住んでいるという「先生」の未亡人が急に気になってきた。

ゲンチャイに会うまでは、「父の死を愛人に告げにいく息子」としての恐れといったものを疑似的に身につけていたものだったが、ゲンチャイに会ってからは、ローマに住むというその「先生」の未亡人に対して妙な負い目のようなものを覚えるようになっていた。多分それは、私が心情的にゲンチャイの側に立つようになったことの結果であったに違いない。

だから、もちろん、私は「先生」の未亡人に会うつもりはなかった。ローマに立ち寄っても電話をすることもないだろう。そう思っていた。しかし、ローマが近づくにつれて、その一枚のメモ用紙が気になって仕方がなくなってきた。「先生」の未亡人とはどのような人なのだろう……。

その未亡人はいま私の前に坐っている。年齢は五十歳以上、ひょっとすると六十に近いかもしれない。しかし、日本の女性には珍しいほど背筋がぴんと伸びていることもあり、また立居振舞いのすべてにわたってきびきびしているため、不思議に若い印象を受ける。かつては名バレリーナとして鳴らしたものだ、などと言われてもそのまま素直に信じてしまいそうな雰囲気《ふんいき》を持っている。

未亡人は率直な話し方を好む人のようだった。だから、私が辿ってきた旅の道筋について訊ねられた時、まるで口頭試問を受けているようだなとおかしくなった。それが私の気重さを吹き飛ばしてくれる契機になった。私が旅の話をしはじめると、未亡人は好奇心をいっぱいにして聞き入った。私は、香港《ホンコン》について、マカオについて、インドについて、アフガニスタンについて、イランについて、ギリシャについて話した。もちろん、トルコについても話したが、アンカラについてだけは触れなかった。

話が一段落すると、未亡人が言った。

「お昼を食べていらっしゃい」

どうやら、口頭試問にパスしたようだった。

私は次の日も、ピントユリッチョ四十五番地の、ムッソリーニの時代に建てられたというアパートメントを訪れた。

前日、昼食を御馳走になり、礼を述べて帰ろうとすると、未亡人によかったら明日もいらっしゃいと言われた。私にはその誘いはありがたかった。一食分が倹約できるからというだけでなく、未亡人と日本語でテンポのいい会話ができることも楽しみだったし、廊下に溢《あふ》れている日本語の本を借りられることも嬉しかった。

昼食の用意ができてしばらくすると、貴金属店でアルバイトをしているという娘さんが食事に帰ってきた。

一緒にテーブルを囲みながら、私は娘さんの陽気な話に笑わされどおしだった。彼女の働いている店は、どこかの有名な通りにあるらしく、日本人の観光客も入ってくることがあるのだという。中でも、日本人の男性の団体客は、こちらが日本人だと見て取ると、必ずくだらない誘いをかけてくる。彼女の話からそのやりとりを再現するとこんな風になるらしい。

「ねえ、彼女、イタリアにどのくらいいるの」

と男が話しかけてくる。

「四年です」

と彼女が答える。

「結婚してるの」

「してません」

「嘘《うそ》だろ。トニー・カーチスみたいな調子のいい男と暮らしてたりするんじゃないの」

トニー・カーチスというところがいかにも古臭いが、あまり馬鹿馬鹿《ばか》しいので黙っていると、さらに図に乗って言い寄ってくる。

「本当にひとりなら、日本のいい男を紹介するよ」

「………」

「どこに住んでんの」

「………」

「電話番号おしえてよ」

無視をしているうちに引き下がるようならいいが、なおもしつこく言い寄ってくると啖呵《たんか》を切るのだそうだ。もっとも、日本語では罵倒《ばとう》するにふさわしい言葉をよく知らないので、イタリア語でまくし立てるのだという。

「何をごちゃごちゃ言ってんのよ。引っかけるつもりならもっとうまくやんな。ああ、退屈した、とっととお帰り！」

イタリア語のわからない日本人の男はただポカンとしているだけだが、周りのイタリア人は日頃の彼女からは思いもよらない台詞《せりふ》が発せられるのに呆然《ぼうぜん》としてしまうのだという。

「でも、同じ客でもさすがにイタリア男性の誘い方は上手なんですよね」

娘さんが笑いながら言った。すると、未亡人がびっくりするような相槌《あいづち》を打った。

「そうなのね、同じお尻《しり》を触《さわ》るのでも上手なの。触り方を知っているのよ」

「どこで触られたんですか」

私がまぜっ返した。

「ディスコでよ」

「いつ？」

「このあいだ」

未亡人もなかなかの猛者《もさ》のようだった。

楽しい食事が終わり、娘さんが再び仕事に戻ってからも、コーヒーを御馳走になりながら、さらに未亡人と話をした。

辞去しようとすると、明日は娘がいないから夕食を一緒にしましょう、と言われた。

翌日、夕方に出向くと、未亡人は言った。

「行きたいところがあったらどこでも案内するわ」

いや、あなたの好きなところに連れていってください。反射的にそう口走ってしまってから、それがゲンチャイに対して言った台詞と同じだったことに気がついた。

出掛けに、私の服装を見て、未亡人が言った。

「寒くない？」

セーターはイスタンブールで買った黒のタートル・ネックを着ていたが、その上にはまともなものを着ていなかった。ギリシャまでは日本から着てきた薄手のジャンパーを羽織るだけで何とか間に合っていたのだが、さすがにローマに入ってからはほとんどものの役に立っていなかった。他人の眼《め》には、むしろその薄いジャンパーを着ていることで、かえって寒々しく見えるのかもしれなかった。

寒くないかと訊《き》かれた私は、寒くないこともないと答えた。すると、未亡人は奥の部屋から綿のハーフ・コートを取り出してきた。

「これを着なさい」

亡《な》くなった画家の作業着だったらしく、ベージュ色の布地にあちこちに絵の具がついている。着てみると、少し丈《たけ》が短いが、むしろそれが格好よく思えるほどぴったりしている。

「よく似合うわ」

未亡人が言った。

外に出ると、未亡人は流行のモスグリーンのロング・コートをなびかせ、夫の作業着を着た私の腕を取って歩きはじめた。それは六十一歳になるとは信じられない颯爽《さっそう》とした歩きぶりだった。

まず彼女が案内してくれたのは、サンタ・マリア・イン・コスメディン教会の周辺だった。サンタ・マリア・イン・コスメディン教会は、その柱廊に「真実の口」と呼ばれる円盤状のレリーフがあることで有名になった教会だ。

教会からさらにテヴェレ河沿いの並木道を歩きながら、私たちはさまざまなことを話した。そこからいくつかの疑問が解けてきた。とりわけ気になっていたのは、なぜ彼女がローマにいるのかということだった。「先生」は単身でローマに住んでいたとばかり思っていたから、未亡人がローマにいることが不思議だった。もし「先生」がローマでゲンチャイと暮らしていたのなら、未亡人はいつローマに来たのだろう。

それはこういうことだったらしい。

画家は死ぬ十数年前から単身でローマに渡ってきていた。それを許したのは、未亡人に、あの人には自由が必要なのだ、という強い思いがあったからだった。誰にもあの人の行動を押しとどめることはできない、と。画家は自分のスタイルを確立するためローマで悪戦を続け、東欧の優れた美術を紹介したり、イタリアにいる若い美術家たちの教師役をつとめる以外、日本との交渉はほとんど断っていたも同然だったという。だから、未亡人が娘とローマに駆けつけたのは、夫の死の半年前のことだった。あの人はもう危ないのではないかという予感がしたからだ。画家は最後の半年間を妻と娘の三人で元気に暮らすと、ある日脳溢血《のういっけつ》で眠るように死んでいった……。

「予感というのはどういうものだったんですか」

私が訊《たず》ねると、未亡人はそれには直接答えず、こんな話を始めた。

「私は子供の頃からよく霊的なものに遭《あ》うことが多かった。あまりそういうことが続くので、一時は尼《あま》さんになろうかなと思っていたくらいなの。尼さんて、それが仕事でしょ？」

長じて四柱推命《しちゅうすいめい》を学ぶようになって、自分の内部にある霊感のようなものが研《と》ぎ澄《す》まされるようになったのだという。

「あの時は、はっきりとした死の形が見えたんだわ」

パラティーノという名の橋を渡って対岸に行くと、街並が不意に庶民的なものに変わる。路地は狭く、建物の二階、三階の窓には色とりどりの洗濯物《せんたくもの》が干されている。

「この一帯をトラス・テヴェレというの。テヴェレ河の向こう岸という意味らしいけど。ここに来るとホッとするわ」

一軒のレストランで軽く食事をしてから、映画を見ようということになった。未亡人は、娘と違ってイタリア語に堪能《たんのう》ではないので英語の映画にしよう、と言う。トラス・テヴェレには英語専門の映画館があるのでよく来るのだともいう。

入ったのは、ジャック・レモン主演の『セイヴ・ザ・タイガー』という映画が掛かっている名画座風の小さな映画館だった。

しかし、未亡人と違ってイタリア語ばかりでなく英語にも堪能ではない私には、さっぱりストーリーがわからなかった。「昔の仲間に脅かされて金の工面をしようとする哀れな中年男の物語」だと思っていたら、「戦争で精神的に深い傷を負った中年男の荒涼《こうりょう》たる一日を描いた物語」だというではないか。主人公が中年男だという以外に共通点はない。どうやらその映画館で私だけがまったく違う映画を見ていたらしい。

映画館を出た私たちは、また酒場に入ってワインを呑《の》みながら食事をした。

未亡人は夫の死後も日本に帰らなかった。それはローマが暮らしやすかったということもあるが、何よりローマとそこに住む人々が面白かったからだという。見ているだけで飽きないのよ、と未亡人は言った。去年、久しぶりにしばらく日本に帰ったが、苦痛の方が多かったという。

「それでは、こちらにずっとおいでになるつもりなのですか」

私が訊ねると、未亡人は珍しく沈んだ調子の声で答えた。

「こちらもインフレが激しくて、いつまで暮らせることか……」

そして、いつかは帰らなくてはならないのかもしれない、と言った。

気がつくと、午前零時を過ぎている。私たちは深夜も動いているバスに乗って帰った。

未亡人は途中で降りる際、バスの車掌に何か言った。イタリア語だったので、いま何と言ったのですか、と訊ねた。すると、未亡人はこう答えたものだ。

「この子を間違いなくテルミニで降ろしてね」

この子！

しかし、この子といわれても仕方がなかった。確かに未亡人にとって私は息子のような年まわりであったからだ。

テルミニ駅のバス・ターミナルで降り、深夜のプリンシペ・アメデオ通りを歩いた。コツコツという自分の靴音《くつおと》を聞きながら、このローマで、映画のセットのようなこのローマで、私が単なる通行人以上の役どころを得ていたことに気がついた。

私はひとりの男を愛した二人の女性と会うことになった。ひとりとはアンカラで、もうひとりとはこのローマで。ひとりに対しては使者として会い、もうひとりに対しては……。

もしかしたら、これが私の『ローマの休日』だったのかもしれないなと思った。私のアン王女は六十一歳ではあったけれど。

4

昼食を御馳走になっては、日本語の本を借りて帰るという日が何日か続いた。その本を持って、公園や広場に寄ったり、時にはバールでカプチーノを飲みながら読んだりした。

ある日、いつものように昼食を御馳走になった帰りに、ひとりでトラス・テヴェレへ行った。未亡人に連れていってもらって以来、もう一度ゆっくり歩いてみたいと思っていたのだ。

ガリバルディ橋を渡り、トラス・テヴェレ通りを右折し、サンタ・マリア・イン・

トラス・テヴェレ教会に続く細い道を歩いていた。すると、向こうから、作業着のようなブルーの上っ張りを着た若い父親が乳母車《うばぐるま》を押してくるのが見えた。近づいてきた乳母車の中を覗《のぞ》き込むと、乗っているのは聖母子像にでも出てきそうな丸々とした男の赤ん坊だった。私が微笑《ほほえ》むと、その赤ん坊も笑い返す。私はローマに来て初めて写真を撮りたいと思った。バッグからカメラを取り出し、撮ってもいいですかと、身振りで父親に訊ねた。父親は笑いながら、どうぞというように両手を広げる。私は赤ん坊のアップを一枚と聖母子ならぬ現代の聖父子像ともいうべき一枚を撮った。

礼を言って別れた私は、そのままサンタ・マリア・イン・トラス・テヴェレ教会に向かった。教会の前の小さな広場に着くと、突然、背後から声を掛けられた。振り向くと、さっきの聖父子だ。若い父親が盛んに何か言っている。右手でペンを持つような振りをし、それを動かすような仕草をする。

手紙、だろうか。

「レター？」

英語で訊ねると、

「シー、シー」

と頷《うなず》く。

手紙、手紙……と考えて、ようやく理解できた。さっき撮った写真を送ってくれないかと言っていたのだ。

「オーケー」

私が言うと、父親はパッと顔を輝かせた。手帳に住所と名前を書いてもらい、それではと歩き出そうとすると、彼はいきなりポケットから百リラ札を取り出し、私に押しつけた。これで送ってくれというのだ。私がその金を押し返すと、今度は近くのバールの看板を指差し、顔を覗き込んできた。

「カフェ？」

どうやら、コーヒーを奢《おご》ってくれるつもりらしい。それはありがたく受けることにした。

バールでエスプレッソを飲みながら話をした。もちろん、私はイタリア語が話せず、彼も英語はいくつかの単語しか知らない。それでも、わかることはいくつかあった。彼が自動車修理工場の工員であること。奥さんは看護婦で、今夜は夜勤だということ。自分はマルコで、息子はルカという名前だということ。そのルカはバールの喧噪《けんそう》の中でも相変わらず乳母車の中でニコニコ笑っている。だが、驚いたのは若い父親マルコの年齢だった。訊ねると、彼はこう答えた。

「ツー・シックス」

二十六と言いたかったのだろう。二十六歳。それは私とまったく同じ年齢だった。彼が私の年齢を訊ね、同じだと答えると、そんなはずはない、もっと若いはずだとなかなか信じてもらえなかった。しかし、私が冗談を言っているのではないことがわかると、喜び出した。

「ヴィーノ！」

今度はワインを奢ってくれた。

しかし、そのワインを呑みながら、私は複雑な思いを抱いていた。このマルコは、私と同じ歳《とし》だというのに、すでに結婚し、子供をもうけ、妻のかわりに子守まで引き受けている。まさに地に足をつけた生活をしている。十五世紀人ミケランジェロは同じ年頃《としごろ》に「ピエタ」を作り上げ、二十世紀人マルコは「ルカ」を育て上げようとしている。「ピエタ」と「ルカ」のあいだには何の関係もなかったが、二人が自分の手の届かない美しいものを生み出し、育《はぐく》んでいることに、ふと、焦燥感のようなものを覚えた。

翌日、未亡人に会うと、私は明日にもローマを発《た》つつもりであることを告げた。

「ここからどこへ行くの」

とりあえずフィレンツェへ行こうと思う。私が言うと、そこからは、と未亡人が訊ねてきた。

「まだ決めていません」

「それならヴェネチアに行くといいわ」

「ヴェネチア……」

「ヴェネチアは素晴らしいわ」

強い感情の籠《こ》もった言い方だった。

「ヴィスコンティの『ベニスに死す』は見た？」

いえ、と私は答えた。

「あそこには、まるでヴィスコンティの映画に出てくるような美しい少年が実際にいるの」

「そうですか」

「何もかも、あまり美しすぎて哀《かな》しくなるほど」

そして未亡人は、最近ヴェネチアを訪れた時に会った、声を持たない美しい少年の話をしてくれた。

「ああして、街も人も滅んでいくのかしらね……」

それなら、私もフィレンツェへ行き、次にヴェネチアに向かうことにしよう。

「少し、散歩をしませんか」

私が誘うと、未亡人が言った。

「トレビの泉へは行った？」

まだと答えると、それなら行きましょう、ということになった。

未亡人とコルソ通りからトリトーネ通りへと歩きながら、私はどうしようかと考えていた。もし明日フィレンツェに出発するとすれば、これで私の『ローマの休日』は終わりということになる。とすれば、映画の『ローマの休日』の最後に、グレゴリー・ペックがアン王女に自分が新聞記者だということを明らかにしたように、私も私のアン王女に本当のことを話しておかなければならないのではないだろうか。磯崎夫人には黙っているようにと言われたが、ここまで世話になって隠し事をしているのは辛《つら》かった。

私はやはり話しておくことにした。もちろん、トルコで「先生」の愛人に会いましたなどと言うつもりはなかった。愛子さんに紹介されて、トルコで「先生」のお弟子さんだった女性に会いました、とだけ言うことにしたのだ。私はできるだけさりげなくその話を切り出した。しかし、そう言っただけでは、何か不充分で、胸のつかえは下りそうになかった。そこで、もう少しゲンチャイについて説明しようとすると、未亡人がこう言ったのだ。

「ああ、きっとあの人のことね」

私はその言葉に驚いた。それは、アンカラでゲンチャイに「先生」の死を告げて、そのことは知っていましたと言われた時と同じ種類の驚きだった。

「ご存じだったんですか？」

「いえ、知らないわ」

「でも、あの人のことね、って」

「会ったことはないけど、たぶん話したことはあるわ」

「いつのことですか」

「そう、あれは埋葬が終わって一週間くらいした時だったかしら、国際電話が掛かってきたの。死にましたと言うと、そうですかと電話を切った女性がいたわ。その人でしょ？」

それはゲンチャイの話とぴったり符合する。私は急に気持が楽になった。そして、話しておいてよかったと思った。未亡人には、その電話の女性が画家と何らかの関《かか》わりのあった相手であることはわかっているようだった。その上で、このように平静に話してくれている。画家が他にどのような女性と関わりを持っていたかは知らないが、少なくとも、そうしたことについての未亡人の心の整理はついているように見えた。私はゲンチャイに会った時から覚えていた奇妙な心理的な重圧から解放されるのを感じた。考えてみれば、ゲンチャイにだって負い目などあるはずがなかった。私が勝手にその負い目を作り上げ、背負《しょ》い込んでしまっていただけなのだ。ゲンチャイとアンカラで不思議な刻《とき》を過ごした。未亡人ともこのローマで不思議な刻を送った。それだけで充分だったのだ。

それにしても、と私は思った。死んだ画家は、実に勘の鋭い女性とばかり関わりを持っていたことになる。

トレビの泉にはかなりの数の観光客がいた。水の底には話に聞いていた通りコインが沈んでいた。実際に仲間と楽しそうにコインを投げ入れている若者もいたが、思っていたよりその数は多くなかった。定期的に引き上げる役目の人がいるのだろうか。

「コインは投げなくていいの？」

未亡人が訊ねた。

「いいです」

私は答えた。未亡人は、そう、と頷くと、私の方に向き直って言った。

「気をつけて旅をしてね」

「ええ」

「でも大丈夫。あなたはとても強い星を持っているから」

街にはもう灯《あか》りがともっていた。私は未亡人とバールで一杯ワインを呑《の》んでから家まで送っていった。部屋には上らず、アパートメントの建物の前で、借りっ放しになっていたハーフ・コートを脱いで返そうとした。すると、未亡人は、一瞬迷ってから、こう言った。

「いいわ、着ていらっしゃい」

私は礼を言い、そこで別れの挨拶《あいさつ》をした。

5

フィレンツェはどこへ行くのにも歩いて行けるのがよかった。

花を意味する名を持つフィレンツェは、その中心にドゥオーモと呼ばれるサンタ・マリア・デル・フィオーレを持っている。そして、花の聖母教会と訳されるそのドゥオーモからは、ヴェッキオ宮殿も、メディチ家礼拝堂も、旅行者に重要なほとんどの観光名所が一キロ以内の距離に収まっている。ゆっくり歩いても二十分で行ける勘定だ。

私のペンションはドゥオーモからは少し離れていたが、どこへ歩いていくにも格別の不自由はなかった。

フィレンツェを流れるアルノ河にはいくつもの橋が架《か》かっている。とりわけ有名なのはフィレンツェ最古の橋といわれるヴェッキオ橋だが、そのひとつ下流にサンタ・トリニタ橋というのが架かっている。私が見つけたペンションは、そのサンタ・トリニタ橋に近い、アルノ河とポルタ・ロッサ通りに挟《はさ》まれた裏通りの三階にあった。部屋の窓からは向かいの建物の壁しか見えなかったが、トイレとシャワーがついているのがありがたかった。

おまけに、このペンションからだと、ドゥオーモを中心としたアルノ右岸ばかりでなく、橋を渡った左岸へ行くのにも便利だった。とりわけ夜は、安いレストランを求めて、サント・スピリト教会からサンタ・マリア・デル・カルミネ教会にかけての一帯を歩くことが多かった。

確かに、フィレンツェはその名にふさわしく美しいもので溢《あふ》れていた。どこの教会に入っても、どの美術館に行っても、美術史上の傑作で溢れていた。これが他の国なら、そのうちのたったひとつでもあれば無数の見物人を呼び寄せられるだろうに、と思わせるほどのものがゴロゴロしている。

しかし、ラファエロ・サンティも、サンドロ・ボッティチェルリも、フラ・アンジエリコも、レオナルド・ダ・ヴィンチも、いや、ミケランジェロ・ブオナロッティの作品ですら、私の心を燃え立たせてくれはしなかった。受胎を告知されるマリアも、貝殻《かいがら》の上に立つヴィーナスも、薄衣をまとった花の女神フローラも、間違いなく美しかった。だが、それだけだった。ミケランジェロの三大ピエタのひとつと言われるドゥオーモの「ピエタ」も、別人の手が入ったマグダラのマリアと他の三人とのアンバランスさが痛々しかったし、メディチ家礼拝堂の「昼」「夜」「曙《あけぼの》」「黄昏《たそがれ》」と呼ばれる四つの彫像も、この作者がどうしてもミケランジェロでなくてはならないとは思えないものだった。

むしろ、私の心にそっと沁《し》み入ってきたのは、そうしたルネッサンス期の名作より、フィレンツェの街の佇《たたず》まいそのものだった。それも、歴史に名を留《とど》めている有名な寺院や宮殿の周辺より、僅《わず》かに石畳の舗道と建物の壁に中世の面影《おもかげ》を残しているだけの、何ということもない小さな裏通りがよかった。その石畳の舗道を、観光用のものではあっても、馬車が高らかな蹄《ひづめ》の音を響かせながら走っていったりすると、不思議な心のときめきを覚えたりした。

街の佇まいといえば、日暮れ時にジオットの塔の上やミケランジェロ広場から眺《なが》めるフィレンツェも美しかった。フィレンツェは街の建物のほとんどすべての屋根が赤《あか》瓦《がわら》で覆《おお》われている。それを夕陽《ゆうひ》がさらに赤く染めるのだ。

夜のフィレンツェはアルノ河のほとりがよかった。霧の深い夜、河沿いの道を歩いていると、向こうにあるはずの橋が見えない。それでも歩いていくと、ようやく霧の中から白い灯《ひ》とともに橋の欄干が見えてくる。その淡い光の中に、橋を渡る人の姿が、浮かんでは、また消えていく。それはまるで影絵芝居を見ているような実に夢幻的な光景だった。

その日は朝から小雨が降りつづいていた。部屋も暗く、外に出ても、街も暗かった。

私は手紙を書くため郵便局でエアログラムを買った。一枚百十リラのアエログラムが三枚だったから三百三十リラということになる。ところが、四百リラを渡したにもかかわらず五十リラしかお釣りをくれない。なおも手を出していると、十リラの切手を二枚よこした。こちらは切手不要のアエログラムを買っているのだ。切手など必要ない。そう身振りで示すのだが、向こうは向こうで十リラのコインがないという身振りをするばかりだ。ないんだから仕方がないだろう、と言いたげな様子だ。

これまでにもイタリアでは釣り銭に関していろいろな経験をさせられた。

たとえば、五百六十リラの買い物をしたとする。二リラで約一円だから、二百八十円の買い物をしたことになる。これに六百リラ、三百円を出したとするとどういうことになるか。もちろん、四十リラ、二十円のお釣りをくれる。しかし、これはあくまでも、お釣りがあればの話なのだ。もしなかったらどういうことになるか。

パン屋――とうてい四十リラもするとは思えないキャンディーをくれる。

バール――十リラ寄こせと言い、五十リラの電話用コインをくれる。

まだこれなら良心的な方といえるかもしれない。さらにこれが五百六十五リラに対する三十五リラのお釣りという場合にはどうなるか。

スーパー・マーケット――三十リラだけで五リラはくれようともしない。

まったくこのいい加減さには腹を立ててもいいのだが、相手に微塵《みじん》も悪意が感じられないので怒りようがない。実際、私はローマのスーパー・マーケットでこのような事態に見舞われたことがある。三十リラを受け取り、なおも手を出していると、キャッシャーのお姉さんに、こいつは何をしているのだと不思議な顔をされてしまった。そこであと五リラをくれというジェスチャーをすると、お姉さんは参ったわねという表情を浮かべて、手のひらに十リラをのせてくれた。これでいいんでしょ、これで。そう言っているようなお姉さんに、私は金をめぐんでもらった物乞《ものご》いのような惨《みじ》めな気分にさせられてしまった。まったく、イタリアでは釣りをもらうのもひと苦労なのだ。しかし、そうとわかってはいても、せめて銀行や郵便局くらいはきちんとしてもらいたいものだ、と文句のひとつも言いたくなる。

我がフィレンツェの郵便局員もニコニコ笑いながら切手を差し出すばかりだ。私は仕方なくその不要な切手をイタリアの記念品として受け取ると、近くのバールに入って買ったばかりのアエログラムで手紙を書くことにした。

イタリアのアエログラムのデザインは、これまで通過してきたどの国のアエログラムよりすっきりしていた。薄いグリーンとグレイの中間のような色の地に、白抜きの「ITALIA」の文字が星印で連結されながら小さくびっしりと入っている。それが罫《けい》の役割を果たしてくれ、実に書きやすい。

このアエログラムのように、イタリアの小物にはデザインばかりでなく機能的にも優れているものが少なくなかった。しかし、この機能性と、あの杜撰《ずさん》さとが、いったいどう結びつくのかは私には謎《なぞ》だった。

手紙を投函《とうかん》し、市場に食料の買いだしに出かけた。その途中で、急に雨が激しく降ってきた。しばらく土産物屋の店先で雨宿りしていたが、当分やみそうになかった。そこで、すぐ眼《め》の前のアカデミア美術館に入ってみることにした。

フィレンツェに何日もいて、これまでこのアカデミア美術館にだけは来たことがなかった。もちろん、そこにミケランジェロの「ダビデ」の像があることは知っていた。ヴェッキオ宮殿前のシニョーリア広場にあるのはレプリカであり、損傷を避けるためにオリジナルは室内に置いてあるのだという。しかし、私はなぜかあの「ダビデ」には関心が持てなかったのだ。

中に入ると、正面に巨大な「ダビデ」の像が立っていた。採光に細心の注意が払われ、周囲に余計なものが置かれていないこともあって、すっくと立っているように見える。シニョーリア広場にあるレプリカより大きく見えるのは室内にあるからだろう。レプリカより体の線に張りがあるようにも感じられるが、やはりだからといって特に心を動かされることはなかった。五分も眺めていれば充分と思えた。さて、ここでどうやって雨宿りの時間を過ごそうか……。

ところが、「ダビデ」像の手前に、思いがけない作品があった。

いや、それは作品とは言えないものだった。石の塊《かたまり》、というのが最も実体に近い。石の塊。だが、それはただの石の塊ではなかった。ミケランジェロが彫り上げようとして未完のまま放棄された大理石だったのだ。その未完の大理石の塊は四つあったが、とりわけ私に強く迫ってきたのは「眼醒《めざ》める捕虜《ほりょ》」と名づけられたひとつだった。半分どころか四分の一ほども彫られていない。大理石の塊に男の体がレリーフのように浮き出ているだけだ。しかし、それは未完であることによって、大理石と像との関係が、だから素材と作者との関係が劇的なほど鮮やかに炙《あぶ》り出されていた。

それはまるで男が大理石に囚《とら》われているようだった。男は苦しげに顔を歪《ゆが》ませ、体をよじっている。四肢《しし》を震わせ、大声を上げ、大理石の桎梏《しっこく》から今まさに脱《ぬ》け出さんとしているかのようでもある。

私はその荒々しいエネルギーに満ちた未完の像を見つめているうちに、奇妙な幻想を抱いた。

遠い遠い昔のこと、神の怒りに触れたひとりの男が大理石の岩に閉じ込められる。

ある日、石工《いしく》の手によって切り出されてきた大理石を見て、その奥に埋もれ苦しむ男がいるのを感知したミケランジェロは、ノミを振るうことで彼を大理石の牢獄《ろうごく》から救出しようとする……。

だが、男の体にはミケランジェロがふるったノミのあとがくっきりと残っていた。それは、男があらかじめそこに閉じ込められていたわけではないということを何よりも雄弁に物語るものだった。ミケランジェロの振るうノミのひとふりひとふりが、男に肉体を与え、生命を吹き込んでいったのだ。覚醒《かくせい》ではなく、誕生させようとしていたのだ。その時、ミケランジェロは神に近い存在となる。大理石の男にとってはミケランジェロこそが神である、といってもよい。

それにしても、創《つく》るということのなんと凄《すさ》まじいことか。男は大理石の牢獄から完全に解放されることはなかった。囚われていることの苦しさだけを露《あらわ》にされただけで放置されてしまった。だが、本当の苦しみは、彼の神になれなかったミケランジェロにこそ深くあったのかもしれないのだ。私は創るという行為の秘密の一端を垣間《かいま》見ることができたような気がして、その像の前からしばらく動けなかった。

私はまだ雨の降りやまない街に出た。そして、その叩《たた》きつけるように強く降りつける雨の中を、熱に浮かされたように歩きつづけた。

6

その二日後、フィレンツェの中央駅前の広場から、斜塔で有名なピサへ行くバスに乗った。無論、ピサの斜塔で物理の実験をするつもりはなかった。

前日、ペンションのベッドの上でヨーロッパの地図を広げ、翌日以降の旅程を検討していた。

検討するといっても、その直前まで、フィレンツェの次の目的地がヴェネチアであるのは自明のことと思っていた。ローマで未亡人から聞かされた、頽廃《たいはい》の極《きわみ》をいくかのような街としてのヴェネチア、というイメージに強く惹《ひ》かれるものがあったからだ。ところが、どのようなルートを採ってヴェネチアに入るかを考えているうちに、急に気が変わってしまった。

イタリアという国は、長靴《ながぐつ》のつけ根に当たる北部でフランス、スイス、オーストリア、ユーゴスラビアの四カ国と国境を接している。フィレンツェから北にルートを取ってヴェネチアに行けば、そのまま北上してオーストリアに入るか、ミラノを経由してスイスに入ることになるだろう。しかし、ルートを西に取ってジェノヴァに向かえば、地中海沿いに直接フランスに入ることになる。フランスに入れば、マルセーユを経由して一気にパリに向かうことができる。パリに着けば、ロンドンまでは一歩の距離だ。しかも、イタリアとフランスの国境近くにはモナコがある。ジェノヴァを通過し、サン・レモなどで有名なイタリアン・リヴィエラを経由して国境を越えれば、もうそこがモナコだ。

モナコ！

モナコのモンテカルロには有名なカジノがある。

カジノ！

カジノといえば、この旅の初めの時期にマカオのカジノで大小《タイスウ》という博奕《ばくち》に熱くなったことがある。一時は千二百ドルを失い、それから夜を徹しての闘いの末、ようやくある程度までは挽回《ばんかい》できたが、実質は二百ドルの負けだった。現在の私の懐《ふところ》具合が風前の灯火《ともしび》といった寂しい状態になっている原因の一端は、マカオのカジノにもあったのだ。

地図を眺めているうちに、ふと、モナコのカジノでリターン・マッチをするというのはどうだろう、という考えが閃《ひらめ》いた。まさにそれは天啓のようなものだった。そうだ、マカオの敵《かたき》をモナコで討つのだ。あの二百ドルを取り戻すべきなのだ。いったんそのアイデアにとらわれてしまうと、運河やゴンドラではなく、サイコロやカードが眼にちらつくようになってきた。それにしても、あのマカオのカジノでの最後のツキは凄まじかった。あのツキはまだ続いているかもしれない。そう思いつくと、二百ドルどころか、今度は簡単に大金を稼《かせ》げそうな気がしてきた。勝って勝って勝ちまくれるかもしれない。いや、きっと勝てる。

〈モナコで大金を手に入れ、ロンドンまで王侯貴族のような旅をしてやろうではないか……〉

そこで私は、フィレンツェから北ではなく、西のルートを取ることにして、まずピサに向かったのだ。

ピサ行きのバスには、隣に人のよさそうな老人が坐《すわ》った。予想通り、走り出して五分もしないうちに話しかけてきた。しかし、それがイタリア語のためまるでわからない。私は肩をすくめ、ノー・イタリアーノ、と言った。それがイタリア語で、私はイタリア語が喋《しゃべ》れませんという意味になるかどうかは自信がなかったが、そういった局面で使うと、たいていは相手が意味を汲《く》んでくれるのだ。その老人はしばらく私の顔を見てから英語で訊《たず》ねてきた。

「お前はシチリア人じゃないのかい」

私はびっくりした。彼が英語で話しかけてきたことにではなく、シシリアンなどという言葉が出てきたことに対してである。

「まさか」

私が言うと、老人は眼から頬《ほお》のあたりに手をやって言った。

「そうかい、ここの辺が似ていたもんで」

どうやら、本当に私をシチリア人と間違えたらしい。しかし、老人は私が日本人だとわかると喜んだ。日本人と話をするのは初めてなのだという。

だが、それからが大変だった。私はこのバスでは、車窓からの風景を静かに楽しみたいと思っていたが、老人がガイドのようにあれこれと説明してくれるため、落ち着いて眺めているわけにいかなくなってしまった。道が分かれていると「こっちの道はシエナに続くんだよ」と教えてくれるし、河が見えると「あれはピサまで流れているんだよ」と説明してくれる、という具合だ。

途中、ごく普通の民家の庭に柿《かき》の木があり、いくつかの実が赤く熟《う》れ残っているのが見えた。秋も過ぎたこの季節に、異国で見る柿の実には心に沁《し》みるものがあった。

私が感傷的な思いを抱いて眺めていると、私の視線を追って何を見ているかわかったらしい老人が訊ねてきた。

「あれは日本では何と言うんだい」

「カキ」

「日本でもそう言うのかい」

「日本でも？」

「イタリアでもカキというのさ」

イタリアのカキは日本から移入されたのだろうか。それとも、単なる偶然なのだろうか。私が驚いていると、老人は奇抜な説を披露《ひろう》した。

「別に驚くことはない。日本語もイタリア語も、もとはみな同じラテン語なのさ」

そんな話は聞いたことがない。しかし、老人は大真面目《おおまじめ》だ。

「中国語だって、もとはラテン語だ」

私は逆らわずに、というより、存外そうだったのかもしれないなどという気がして、深く頷《うなず》いてしまった。

それからというもの、老人は眼に入るものすべてのイタリア語名を教えてくれはじめた。その上、それは日本語では何というのかと訊ねてくる。実に好奇心の旺盛《おうせい》な老人だったが、お陰でこちらはくたくたになってしまった。

それにしてもどうしてそんなに上手に英語を喋《しゃべ》れるのだろう。私が訊ねると老人は言った。戦争でアメリカ軍に捕虜になってしまったんだ。しかし、だからといって、捕虜のすべてがこのように上手に英語が話せるようになるわけではないだろう。この老人には、それとは別のもうひとつの物語があるようだったが、そこまで立ち入って訊《き》くわけにはいかなかった。

「グッド・ファイター」

老人がいきなり言った。

「えっ？」

私が訊き返すと、老人はこう繰り返した。

「日本人はグッド・ファイターだった」

どうやら、第二次大戦中のことを言っているらしかった。イタリアに行くと、まだそんなことを言う老人がいると話には聞いていたが、そのサンプルのような人物に出《で》喰《く》わすとは思わなかった。社交辞令なのか、本心からのものなのか。それを読み取ろうと老人の顔を見つめていると、冗談とも真面目ともつかない表情で言った。

「また一緒に闘おう」

「…………？」

「日本人はイタリア人と共に闘った。また一緒に闘おう」

「…………！」

私は言葉がなかったが、仮りにどれほどイタリアの軍隊が弱体であっても、こんな人と一緒なら退屈しないだろうなと思っていた。もっとも戦闘に疲れる前に、会話で疲労困憊《こんぱい》してしまうかもしれなかったが。

バスがピサに到着し、別れる時に礼を言った。

「いくつもイタリア語を覚えました」

すると、老人は私の肩を軽く抱き寄せながら言った。

「こちらこそ、日本語を勉強させてもらったさ」

そして、さらにこう付け加えた。

「幸運を」

それは単なる別れの挨拶《あいさつ》の決まり文句ではあったが、その老人の口から発せられると、私の前に立ちはだかっている困難を打ち破ってくれる魔法の呪文《じゅもん》のようにも聞こえた。私の前に立ちはだかっている困難。とりあえず、それはモナコのカジノに存在している。私は、老人の言葉を背に、まだ見ぬモナコのカジノに乗り込んでいく自分を想像して、微《かす》かに武者ぶるいをした。

私は斜塔のためにピサに留《とど》まるつもりはなかったので、そのままジェノヴァに向かった。地中海沿いの港町ラ・スペツィアを経由してジェノヴァに着いたのは夜だった。ジェノヴァで一泊すると、翌朝ガリヴァルディ通りで食料を買い込んだだけで、すぐにモナコを目指した。

サンタ・マルゲリータ・リグレからサン・レモに到る一帯は、フランスのリヴィエラと海岸線が同じところから、イタリアン・リヴィエラと呼ばれるリゾート地になっている。そして、イタリアとフランスの国境を越えてモナコに入ると、そこからがフレンチ・リヴィエラの始まりだ。

モナコへ向かうバスはリヴィエラの海岸線に沿った細い道を走る。その左手に見える地中海は美しかった。しかし、この程度の海はいくらでも見てきたのだと思うことにして、私は自分の心に感動することを許さなかった。こんな人工的な観光地に感動するとは何事だ、と無理に自分の心を押さえ込んでいた。

赤く大きな夕陽《ゆうひ》がゆっくりと地中海に沈みかかった時も、まだこんなもので感動してはいられないと思っていた。太陽が沈み切ると、半月が上りはじめた。少し心はざわついたが、まだまだと思っていた。しかし、その月が藍色の空にしだいに鮮やかさを増すにつれ、ついにギブ・アップしそうになった。月の光が海面に反射してキラキラと輝いている。そんなものはどこの海でも見たはずなのに、なぜかこのような美しい月の光は見たことがないという気がしてきた。参ったな、と思った。これは文句なく美しい。しかし、私は痩せ我慢をするようなつもりで、まだまだ、まだまだ、と思っていた。

モナコはイタリアン・リヴィエラとフレンチ・リヴィエラの中央に位置しているが、文化的にも経済的にもイタリア圏ではなくフランス圏に属している。公用語がフランス語なら、通貨もフレンチ・フランが用いられている。モンテカルロに着いたものの、フランを持っていなかった私はどこかで両替をする必要があった。銀行は閉まっている。大きなホテルで替えられないことはないがレートがよくない。そこで鉄道駅にあるはずの両替所へ行くことにした。

だが、バスの停留所から鉄道駅まではかなりの距離があり、おまけに道に迷ったため急な坂を何度か上り下りしなくてはならなかった。ようやく辿《たど》り着いたモンテカルロ駅は、モナコというオトギの国にふさわしい小さな駅だった。

フランを手に入れた私が次にしなくてはならないことは、安いペンションを見つけることだった。だが、ここは高級リゾート地の本家本元のような土地だ。安いといっても限度があるだろう。本来なら、サン・レモと同じく通過するのが賢明というものだ。しかし、私はモナコで一泊分の金を余分に払っても、断固としてマカオのリターン・マッチをしたかった。それに、その金もカジノで大勝すれば戻ってくることになる。いわば先行投資というやつだ。

駅の周辺に安そうなペンションが何軒かあった。十七フラン、約千円のペンションを見つけ、部屋に入ると、私はすぐに私の有り金に対して総動員令を発動し、薄くなったトラベラーズ・チェックをはじめとして、パスポート入れに大事にしまっておいた餞別《せんべつ》の百ドル札から、ジーンズのポケットの小銭まで引っ張り出し、全財産をベッドの上に並べた。

総額で五百ドルを切っている。わかっていたことではあったが、我が手勢の刀折れ矢尽きたその状態に軽いショックを受けた。しかし、だからリターン・マッチを止《や》めようという気にはならなかった。逆に、これからの旅を悲惨なものにさせないためにも絶対に勝たなくてはならない、と闘志を掻《か》き立てられた。

ペンションの女主人にカジノの場所を訊ねると、グラン・カジノは外に出て見ればわかると言われてしまった。

確かにすぐにわかった。広い通りに出て少し坂を下ると、左手の丘に照明に浮き上がった白っぽい建物が見えた。それがグラン・カジノであるようだった。

いざ、出陣！

だが、カジノに乗り込む前にまず腹ごしらえをしておかなければならない。マカオで得た教訓のひとつに、博奕《ばくち》を始めたらいつ食べ物にありつけるかわからない、というのがあった。その教訓からは、食べられる時に食べておけ、という行動指針が導かれる。

レストランの店先には定食のメニューが出ている。何軒か見ていくうちに、ワイン蒸しのムール貝を定食のメイン料理にしている店があった。私はそこに入り、ハウス・ワインの白を呑《の》みながらムール貝を食べた。これが実においしかった。これまで、私はムール貝について偏見を持っていたが、それは撤回しなくてはならないと思えるほどの味だった。

これは幸先《さいさき》がいい、と私は腹の中で呟《つぶや》いた。もちろん、たとえムール貝がまずくても、どうにか理屈をつけてそれを幸先のよさに結びつけていたことだろう。

超大型のクルーザーが係留されているヨット・ハーバーまで坂を下り、その縁を廻《まわ》り込むようにしてもうひとつの坂を登っていく。暗いその坂道を歩きながら、この道がオケラ街道にならなければいいのだがと思ったりもした。

坂を登り切ると、カジノの建物の裏手に出る。そこから表に廻った私は、グラン・カジノに軽い一撃を浴びせられた。屋根に装飾時計を配したゴシック風の外観が、落ち着いた灯《あか》りに照らされ、微妙な陰影を伴なって浮き出ている。それだけでもマカオのリスボアとは比較にならない重厚な造りであることがわかる。だが、私が圧倒されたのは建物ではなかった。扉《とびら》の前には洒落《しゃれ》た制服を着た門衛が立っており、高級車が横づけにされるたびに、ドアの開け閉めをする。そこからは、高価そうな毛皮を羽織った婦人と、それをエスコートする紳士が降り立ってくるのだ。それは、同じカジノと言っても、買物籠《かご》を手にしたおばさんが硬貨一枚を握りしめてやって来るリスボアとは本質的に違う空間のようだった。しかし、ここで臆《おく》してなるものか。

行くぞ！

私は自分自身に声を掛け、入口に向かって歩いていくと、門衛がさりげなく立ちはだかり、にっこり笑いながらフランス語で何か言った。きっと、御愛想《おあいそう》を言っているのだろう。ところが、私が笑いを返しながら通り抜けようとすると、今度ははっきりと手で制された。どういうことか。私が英語で訊ねると、門衛も英語で応じた。

「あなたは入れません」

私はむっとして、少し強い調子で訊ねた。

「どうして」

それに対して、門衛は極めて慇懃《いんぎん》な口調で言った。

「ここではジャケットの着用が必要なのです」

私は不意を撃たれて狼狽《ろうばい》した。まさかそんなことがあるとは予測していなかった。私の上着はローマで画家の未亡人にもらったハーフ・コートだった。それは規則なのか、と私は訊ねた。それは規則なのだ、と門衛は答えた。

「それは知らなかった」

私が呟《つぶや》くと、お気の毒にというように肩をすくめた。しかし、だからといってむざむざと引き上げるわけにはいかない。なにしろ、ここでの勝負にこれからの旅の成否がかかっているのだ。私は自分のコートを指差して強弁した。

「ジャケットなら着ている」

すると、門衛は嬉《うれ》しそうに笑いながら言った。

「我が国では、それをジャケットとは呼ばないのです」

私はそこからすごすごと引き上げた。ただジャケットを着ていなかっただけなのに、人格の全体を否定されたような敗北感があった。

〈ああ、闘う前に敗れてしまった……〉

オケラになった以上に打ちのめされた私は、ヨット・ハーバー沿いの幻のオケラ街道を、足取りも重く歩いた。

ペンションに戻り、ジャケットを着ていなかったために入場を断られたという話を女主人にすると、おやまあと苦笑された。

「あんた、あそこでゲームをする気だったの」

「うん」

「やめておいた方がいいわよ。入場料を取られるのよ」

「わかってる」

「うちの一泊の料金より高いのよ」

「知ってるよ」

本当は知らなかったが、行きがかり上、そう言わざるをえなかった。

女主人は私の落胆した様子を見て、言った。

「そんなにやりたいのなら、できないこともないのよ」

「どうやって？」

私は色めき立った。

「貸衣装があるのよ」

そういう客のための貸衣装屋があり、このペンションでも用意できないことはないというのだ。

「明日、用意しましょうか」

そう言う女主人に、料金はいくらかと訊《たず》ねた。

「五十フランでいいわ」

このペンションの宿泊費の三日分だ。とてもじゃないが借りられない。結構です、明日にはモナコを発《た》たなければなりませんから、と断った。

しばらくは、部屋に戻ってからも、今に見てろよ、と誰にともなく呪詛《じゅそ》の言葉を吐きつづけていたが、やがて怒りが収まると、あるいはこれも、大敗してここで旅を終わらせないための、神だか仏だかの加護かもしれないと思えるようになった。やれば必ず勝てたとは決まっていないのだ。もしかしたら、これこそが、ピサの老人の与えてくれた「幸運」なのかもしれなかった。

その夜、私はリターン・マッチができなかったことの悔しさと、一文なしにならなかったことの安堵《あんど》感《かん》が混じり合った奇妙な思いとで、なかなか眠りにつくことができなかった。

7

翌朝、オトギの国のモナコを散歩した。グレース・ケリーが住んでいるはずの王宮は遠くから見るだけにして、ヨット・ハーバーへ続く道を歩いた。

途中に市場があったので覗《のぞ》いてみた。物価は安くないが、商品はかなり豊富だった。なるほど、イタリア圏ではなくフランス圏に属している国らしく、ワインはほとんどがフランス産であり、パンはフランス風のバゲットが並び、チーズも多くの種類が揃《そろ》っている。

しかし、それ以上にこの国がイタリア圏に属していないことを思い知らされたのは、朝昼兼用の食事をしたレストランにおいてだった。

店先に貼《は》ってあるメニューに、アラカルトとしてスパゲティーが載っている。それを眼《め》にしたとたん、急にイタリアのスパゲティーが懐《なつ》かしくなってきた。懐かしいといっても、イタリアの国境を越えたのは昨日のことであり、スパゲティーを食べていないのは僅《わず》か二日間にすぎなかったが、一種の禁断症状に見舞われていたのだ。それほどイタリアのスパゲティーはおいしかった。フォークに巻いても、口に入れても、それ微妙な抵抗感を覚える固茹《かたゆ》での麵《めん》。そして、オリーブ・オイルの香りも高い各種のソース。しかし、私がとりわけ好んだのは、トマトをシンプルに用いたポモドーロだった。関西における素うどんとでも言うべきこのポモドーロは、素うどんが関西のどんな店でもある水準に達しているように、どんなみすぼらしいレストランのものでもおいしかった。私はフィレンツェにいるあいだ中、一日一回はポモドーロを食べないと気が済まなくなってしまった。とりわけ、イタリア人の注文の仕方を観察した結果、昼などはスパゲティーの一皿だけでもいいのだということがわかってからは、堂々とポモドーロだけの昼食をとるようになった。

メニューにスパゲティーを見つけた私は、イタリアで食べてきたスパゲティーが食べられるものと期待して、そのレストランに入った。残念ながらポモドーロがなかったのでボンゴレを注文したが、出てきたものはイタリアのスパゲティーとは似ても似つかないものだった。皿が出てくる時間があまりにも短いのが不安だったが、一口食べてみてその不安が的中したことを知った。要するに、それは浅蜊《あさり》入りのうどんというような代物《しろもの》だったのだ。モナコはイタリアとあまり離れていないので油断したが、やはりイタリアではなくフランスだった。

確かに自分はフランスに入ったのだ、といっそう明瞭《めいりょう》に理解したのは、モナコからニース行きのローカル・バスに乗った時だった。鼻歌交じりにハンドルを握っている運転手がアフリカ系の黒人だったのだ。もちろんそれが旅のあいだにアフリカ系の黒人を見た初めての経験というわけではなかったが、これまで通過してきた国では、このような生活に根差した仕事をさりげなくしている黒人労働者を眼にすることはなかった。たぶん、彼はフランスの旧植民地からの移民だったのだろう。

バスの乗客は、昼休みにモナコからニースに戻る人が大半だった。ごく普通の人にとっては、モナコは働く土地であっても住む場所ではないものと察せられた。

道はしばらく海から離れていたが、ひとつの坂を越えると不意に左手前方に輝くばかりの海が姿を現した。太陽の光をいっぱいに受けて、海水は何層にも色を変えている。青く、蒼《あお》く、碧《あお》い……。しかし、どのような文字を当ててもその美しさには追いつきそうもない。浜はわずかの幅しかなく、すぐ横を走っている海岸通りには高層の建築物が迫っている。にもかかわらず、浜にいちばん近い層の海の水の色は、ほとんど透明に見えるほど澄んでいる。私は呆《ほう》けたように眺《なが》めながら、胸の奥で呟いていた。

〈これはひどいじゃないですか〉

ただ単に海の色が美しかったからではない。これほどまで自然が柔順に人間に奉仕しているということが、何か許しがたいことのように思えたのだ。

これまでにも美しい海岸はいくつも見てきた。しかし、このように人工的でありながら、このように完璧《かんぺき》な美しさを持っている海岸は見たことがなかった。あるいは、このバスを毎日の通勤に使っているだけの乗客には、何の感動もない風景なのかもしれなかった。だが、私は誰にともなく、これはひどいじゃないですか、と呟きつづけていた。

ニースにはもともと足を留《とど》める気はなかったが、バスからあのような海を見てしまった以上、さらに滞在する必要はなくなってしまった。金のない私に、このニースが、あの海より以上のものをプレゼントしてくれるとは思えなかったからだ。

マーケットで慌《あわ》ただしく食料を買い、午後一時発のバスでマルセーユに向かうことにした。

ニースからマルセーユまでは四時間ということだったから、ちょっとした長距離バス並の時間がかかる。値段も二十八フラン、約千七百円とかなりの金額だ。

しかし、このバスにこれまで乗ってきた長距離バスの趣《おもむき》はまったくなかった。市内を走る路線バスが単に長い距離を走るというだけのことで、乗客に旅をしているという華やぎがあるわけでもなければ、淡々と運転している運転手に格別の気配りがあるということもなさそうだった。それは休憩の時間に顕著に表れていた。途中、小さな町で十五分の休憩があり、それが終わると時間通りに出発した。もちろん、それに何の不思議もないが、運転手は乗客の数など調べもしないで出ていってしまう。だから、少し走りだしたところで、必死に追いかけてくる中年女性にやっと気がつくという有り様なのだ。時間に来ない乗客のことなど、誰も心配しないということのようでもあった。あるいは、それがフランス流ということなのかもしれなかった。

日の暮れかかった頃《ころ》、マルセーユに着いた。

鉄道駅のサン・シャルル駅の近くに安宿を見つけると、私は荷物を部屋に置いて街に出た。

アテネ通りからカンビエール通りというメイン・ストリートを直進すると、大小さまざまのヨットが係留されている港に出てくる。海岸をぶらつき、レストランのメニューを眺め、また海岸をぶらつく。

いよいよ食事をするつもりになり、マルセーユ名物と聞いているブイヤベースでも食べてみようかなと思っていると、どこからか肉の焼けるいい匂《にお》いが漂ってきた。それに引かれるようにして路地に入ると、店先でドネル・カバブを焼いているレストランがあった。トルコでさんざん世話になった羊肉の料理だ。私は懐かしくなり、そこに立って調理しているアラブ人らしい男に、それをサンドウィッチにしてもらえるかと訊ねると、もちろんと頷《うなず》いた。細長い包丁で肉の塊を薄くそぎ切りするところも同じなら、パンにレタスを敷いてから肉をのせるところまで同じだった。僅《わず》かに違っていたのは、パンがトルコのズングリ型からフランスのバゲット型になっていたことくらいだった。

私は護岸のコンクリートに腰を下ろし、海を前にしてドネル・カバブのサンドウィッチにむしゃぶりついた。羊肉の肉汁が口いっぱいに広がると、埃《ほこり》っぽいイスタンブールの街が思い出された。

食べ終わり、さらにぶらぶらと歩いていると、角に映画館があった。掛かっているのはジャン＝ポール・ベルモンド主演のサスペンス物らしい。マレーシアのマラッカでは、リノ・バンチュラのギャング物を見た。ギリシャのパトラスでは、アラン・ドロンとジャン・ギャバンのフィルム・ノワール風人情物を見た。ここはひとつベルモンドのサスペンス物に敬意を表さなくてはなるまい。

二時間たたないうちにベルモンドが死に、映画は終わった。

映画館を出るともう何もすることが浮かばない。私はコートの襟《えり》を立ててさらにまた夜の街を歩いた。

歩いても歩いても何も起きない。かつては出来事が向こうからやってきたものだが、私は何も起きないこの街で透明な存在になったようにただ歩いている。

足は自然にサン・シャルル駅に向かっていた。

マルセーユ最大の鉄道駅は高台にある。私は長い階段を昇り、駅の構内に入った。壁に貼ってある時刻表を見ると、マルセーユとパリのあいだには一時間に一本の割合いで急行か特急が走っている。

マルセーユ　二一・二五――六・〇〇　パリ
マルセーユ　二三・三八――七・四五　パリ
マルセーユ　二三・四九――八・二二　パリ

所要時間は僅か八、九時間に過ぎない。万一、これからペンションにとって返し、荷物を持って午後十一時四十九分の特急に乗り込めば、明日の午前八時二十二分にはパリに着いているという。パリは本当にもうすぐそこにあるようだった。

列車だけではない。マルセーユからパリに向かう直行バスの調べもすでについていた。所要時間はわずか十二時間にすぎず、朝の便に乗れば夜にはパリに着くことができる。いずれにしても、明日はもうパリなのだ。

しかし、そう思っても心は浮き立ってこない。明日はパリ。ということは、たとえパリからロンドンまでの旅が残っているにしても、ルートも定めぬ気ままなこの旅もマルセーユが実質的な終点ということになる。

何の気なしに、旅行案内所の前のボックスに入っているブルーのパンフレットを抜き取ると、それはマルセーユと北アフリカを結ぶカー・フェリーの時刻表だった。

このマルセーユからはアルジェばかりでなくオランにも行っているらしい。アルベール・カミュがその詩的な散文で美しく描いたオラン。そこもまた、昼の船に乗れば、翌日の朝には着いているらしいのだ。

私は駅舎の外に出て、階段の上に立ち、港と反対の方角に向いた。そして、ここまで来たのだ、と声に出して呟いてみた。しかし、とうとうここまで来たのだ、という実感が少しも湧《わ》いてこない。

〈ここが旅の終わりなのだろうか……〉

私はヨーロッパの地図を頭に浮かべた。自分はいまイベリア半島のつけ根にいる。これから地中海を背に、私がいま向いている大西洋の方角へ一直線に進んでいけば、一日でパリに着くことになる。旅は間違いなくここで終わるのだ。しかし、私にはここが旅の終わりだということがどうしても納得できない。どこまで行けば満足するのかは私にもわからなかった。ただ、ここではない、ということだけははっきりしている。ここではない、ここではないのだ。

だとすれば、と私は思った。もう少し旅を続けてみればいいのではないだろうか。前はパリ、後ろは北アフリカ。だが、この左手に進んでいけばイベリア半島の奥へ足を踏み入れることになる。とりあえず、スペインまで行ってみたらどうだろう。スペインからポルトガルのリスボンまで行く。そして、そのユーラシアの果てのリスボンでも満足できなかったら……その時は、アフリカにでもどこへでも渡っていけばいいのだ。

危ない、危ない、という声がどこからか聞こえてきた。このままでは永遠に汐《しお》どきを失ってしまうぞ、と。永遠に旅を終えられなくなってしまうぞ、と。

第十七章　果ての岬　南ヨーロッパⅡ

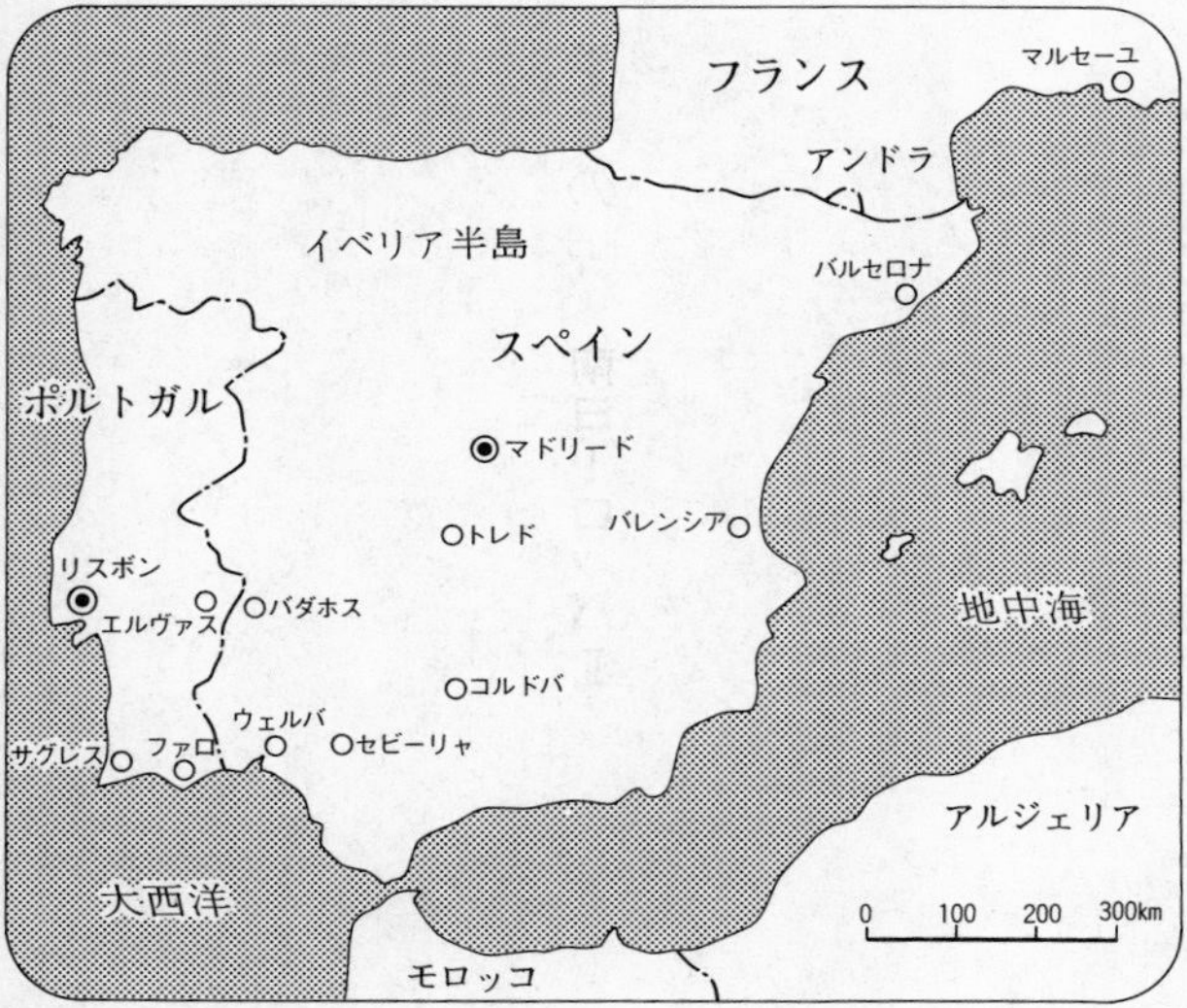
フランス
マルセーユ
アンドラ
イベリア半島
バルセロナ
スペイン
ポルトガル
マドリード
トレド
バレンシア
リスボン
エルヴァス
バダホス
地中海
コルドバ
ウェルバ
サグレス
ファロ
セビーリャ
アルジェリア
大西洋
0
100
200
300km
モロッコ

1

フランスのマルセーユからスペインのマドリードまで一気に駆け抜けてきた。

バルセロナに一泊し、バレンシアにも一泊しただけで、マルセーユから三日目にはマドリードに到着してしまった。

夕方、バスで街に着き、安宿を見つけ、近所のレストランで簡単な食事をすると、もう眠くなってしまう。そして朝起きると、何をそんなに急《せ》いているのか自分でもわからないまま、市場でパンとハムとオレンジといった食料を買い込み、その日のうちに次の街に向かうバスに乗り込んでいたのだ。バルセロナに一日しかいなかったというと、バレンシアの安宿で出会ったアメリカ人の女性に、なんともったいないことを、と哀れむように言われた。多分、その通りなのだろう。しかし、私にはガウディやピカソより大事なものがあるような気がしたのだ。それが何かはわからないままに、とりあえずマドリードまで、と急行してしまった。

バルセロナは、私にとって老人と子供の街だった。

バレンシア行きのバスの出発時刻が午後だったので、旧市街にあるペンションで荷物を預かってもらい、近所を散歩した。

すると、小さな公園で老人たちが集まってゲームをしているところにぶつかった。砲丸投げの砲丸のようなもので玉ころがしをしていたのだ。傍《そば》に立って眺《なが》めていると、ひとりの老人が、投げてみるかいと、鉄の玉を手渡してくれた。ルールがわからないが、ビー玉のように当てればいいのだろうと判断し、いくつか転がっている玉を目がけて転がした。勢いよく二つの玉に当たったが、それを見て老人たちは大笑いをしている。どうやら、単に当てればいいというのではなさそうだった。やっぱりうまくいかなかった、と首を振ると、そうだろう、そうだろう、というように優しく頷《うなず》いて、まあそこで見ていろ、といった仕草をする。

私は少し離れたベンチに坐り、老人たちの玉ころがしの風景をノートにスケッチしはじめた。

別にスケッチ・ブックを用意していたわけではない。筆記具だって普通のボールペンにすぎない。これまで、街歩き用のバッグにはいつもカメラが入っていた。ところが、イスタンブールで売るのを断念し、もうこれで金に換える機会は永遠に失われてしまったと思って以来、どうも扱い方が荒っぽくなってしまったらしい。そのことにカメラも腹を立てたのだろうか、シャッターに異常をきたすようになった。それでもローマまではなんとか役目を果たしてくれていたが、フィレンツェに入ったとたんストライキを起こされてしまった。何度かなだめすかして働いてもらおうとしたが、カメラは断固として言うことをきかない。ニコンはどうも根が頑固《がんこ》らしい。私は諦《あきら》め、どうせお前なんか記念写真を撮るくらいしか能がなかったんだ、これまでも素晴らしい情景はお前じゃなくて自分の頭に刻《きざ》みつけておいたんだぞ、お前がふてくされてストライキを起こしたって誰が困るもんかなどと悪態をつき、ザックの奥底にしまいこんでいたのだ。

だが、カメラがある時はどんな光景もほとんど撮る気にはならなかったものが、いざ使えないとなると、見るもの見るものそのまま通り過ぎてしまうのが惜しくてならなくなった。街の佇《たたず》まい、人々の様子、どれも写真に撮っておきたいものばかりのような気がする。そこで私は仕方なく、手持ちのノートにスケッチをするようになったのだ。

私が覚つかない手つきでボールペンを動かしていると、そこに七、八歳くらいの男の子が近寄ってきた。そして、ノートを覗《のぞ》き込んで、こう訊《たず》ねてきた。

「絵、描《か》いているの？」

「そうだよ」

私が答えると、また訊ねてきた。

「絵描きさん《ピントール》？」

「いや」

「絵描きさんでしょ？」

男の子の眼《め》は私のコートに注がれている。それでわかった。私はローマで貰《もら》った画家の作業用のハーフ・コートを着ていたのだ。あちこちに絵の具がついている。そんなコートを着てスケッチをしていれば、子供には画家に見えるはずだ。まして、この男の子のような年齢では、私の絵がいかに拙《つたな》いものであるかということはわからないだろう。そこで、私は意を決して、パートタイムの絵描きになることにした。

「そう、絵描きなんだ」

「上手だね」

そんなはずはなかったが、子供の眼にはそう見えたのかもしれない。

「グラシアス」

私はそう答えて、自分が男の子のスペイン語を理解していることに気がついて驚いた。さっきの老人たちの言葉はカタロニア語だったせいかまるでわからなかったが、この子のスペイン語はよく理解できる。理解できるばかりでなく、自分もカタコトのスペイン語で答えているではないか。

突如、学生時代に習った初等スペイン語が甦《よみがえ》ってきた。ウノ、ドス、トレス、クアトロ、シンコ、セイス、シエテ、オーチョ、ヌエベ、ディエス。一、二、三、四、五、六、七、八、九、十。ルネス、マルテス、ミエルコレス、フエベス、ビエルネス、サバド、ドミンゴ。月、火、水、木、金、土、日。コモ・エスタ・ウステ？　御機嫌《ごきげん》いかがですか。ケ・オーラ・エス？　いま何時ですか。クワント・クエスタ・エステ？　これはいくらですか。

会話の常套句《じょうとうく》が歌の文句のように次から次へと出てくる。私が嬉《うれ》しくなって喋《しゃべ》りつづけると、男の子も一緒になって発音を訂正してくれる。

大学でのスペイン語の授業も無駄《むだ》ではなかったのだ。十六世紀の宣教師の報告文による試験もまったく無意味というわけではなかったのだ。

しばしのスペイン語講座が終わると、男の子がおずおずと頼んできた。

「犬、描いてくれない？」

よおしやってみよう。大道《だいどう》画家になったようなつもりで少々調子に乗って描くと、男の子が不思議そうに言った。

「これ、犬？」

確かに、犬というよりタヌキに近かった。しかし、私は厳《おごそ》かに宣した。

「これが日本の犬なのだ」

男の子は私が描き終わると、そのタヌキ犬の絵を手に「日本の犬《ペーロ・ハポネス》、日本の犬《ペーロ・ハポネス》」と声を出しながら喜んで帰っていった。私は日本の犬の名誉を大いに傷つけてしまったことを申しわけなく思うとともに、いつの日かあの男の子にこの誤った知識を訂正できる機会が訪れますように、と祈らずにはいられなかった。

男の子がいなくなり、しばらくすると老人たちもいなくなった。彼らがいなくなると、冬の公園はふっと寂しくなった。

それにしても、旅人の相手をしてくれるのは老人と子供だけだな、とベンチに坐《すわ》ったまま私は思った。観光客を相手の商売をしている人たちを除けば、いつでも、どこでも、私たち旅人の相手をしてくれるのは老人と子供なのだ。しかし、それを悲しがってはならないことはよくわかっている。なぜなら、まっとうな仕事をしている大人たちに、昼の日中から旅人を構っている暇などあるはずがなかったからだ。

バルセロナが老人と子供なら、バレンシアは市場だった。

バレンシアの市場は街の中心のひとつであるプラサ・デル・メルカードにあった。プラサ・デル・メルカード、訳せば市場広場となる。バレンシアに着いた翌日、やはりマドリードへ行くまでの時間にその市場広場の市場に入った私は度肝《どぎも》を抜かれた。小さく分割された店に、肉、魚、野菜、果物、乾物、乳製品などありとあらゆるものが並んでいる。その店の数は数百とも数千とも思える。興奮させられたのは店の数や品物の数の多さばかりでなく、全体にみなぎっている活気にもよっていた。これほど活気のある市場を見るのは香港以来ではないか、とさえ思った。そう感じさせる最大の理由は、肉と並んで、エビ、イカ、タコ、カキ、ハマグリなどを含む魚介類が充実していたことによるのだろう。水に濡《ぬ》れた新鮮な魚介類を眼にしていると、それだけで嬉しくなる。

しかも、売り子には、おじさんやおばさんばかりでなく輝くばかりの頰《ほお》をした美しい娘さんもいるのだ。私がハムを買った肉屋の店員も妙齢の娘さんで、あまりの笑顔の可愛《かわい》さに、つい余分にソーセージまで買ってしまった。ハムが百グラム十ペセタ、約五十円だったのに油断したこともあったのだが、ソーセージは二倍以上の二十二ペセタもして慌《あわ》ててしまった。もっとも、それで百十円にしかならなかったのだが。

バルセロナからバレンシアまでの道は海が友だった。その日は風が強かったせいか、地中海とも思えない荒れ方だった。打ちつける波が岸辺の岩にぶつかり、白く砕け散った汐《しお》が風に舞う。それはどれだけ見ても見飽きることのない光景だった。

バレンシアからマドリードへ向かうバスは夕陽《ゆうひ》が道連れだった。バスはひたすら平原を突き進んでいくという印象があった。もちろん道の両側には畑があるのだが、冬のせいか作物がないためただの平原のように見えてしまうのだ。そこにドカッと大きなスペインの夕陽が沈んでいく……。

マドリードのバス・ターミナルに着いたのは、午後八時を過ぎていた。

私はとりあえずソルへ向かうことにした。マドリードへ着いたらとにかくプエルタ・デル・ソルへ行け、ソルからマヨール広場にかけては安いペンションがいくらでもある、と何人もから聞かされていた。案内所で訊《き》くと、幸いなことに、このエスタシオン・スール・デ・アウトブス、つまりバスの南ターミナルはパロス・デ・ラ・フロンテーラという地下鉄駅の真上にあり、おまけにソルへはその地下鉄で乗り換えなしで行けるとのことだった。

ソルで地下鉄を降り、地上に出て、通行人にマヨール広場の方向を訊ねた。なるほど、教えられた方向に歩いていくと、ホテルやペンションの入った建物がやたらと眼につく。二軒目に入ったペンションで、応対に出てくれた女主人の感じがよかったので泊めてもらうことにした。一泊百二十ペセタ、約六百円だという。

私は荷物を部屋に置くと、すぐに外に出た。腹が空いて仕方がなかったのだ。

マヨール広場の界隈《かいわい》には、いくつものＢＡＲ、バールがあり、どこも賑《にぎ》わっていた。いや、ここはスペインなのだから、ＢＡＲはバールではなく、バルと発音するのだった。

スペインのバルはどんなシステムになっているのだろう。どのように注文し、どのような払い方をするのだろう。おっかなびっくり、立ち呑《の》み客でごった返している一軒に入ってみた。

内部は暗く、どうしたらいいのか戸惑っていると、女友達と呑んでいた男性が、声を掛けてきてくれた。

「ワインかい？」

英語だった。

「ええ」

私が答えると、バーテンに注文してグラスの赤ワインを貰ってくれた。そして、私がポケットから金を出すより先に代金を払ってしまった。あとからその男性に金を渡そうとしても、笑うばかりで受け取ってくれない。

「旅行かい」

「ええ」

「マドリードにはどのくらいいる？」

「いま着いたばかりです」

「どこから来たんだい」

「バレンシア」

と答えて、それが私の出身地を訊ねる質問だということに気がつき、言い換えた。

「日本からです」

「どのくらい旅行しているんだい」

「一年近く」

「何だって？」

「日本を出てきたのがこの春だから……」

すると、その男性は呆《あき》れたような表情を浮かべて連れの女性とスペイン語で話しはじめた。そして、また私に訊ねてきた。

「彼女が、どこをどう旅してきたのか、知りたいとさ」

そこで私は私の辿《たど》ってきたルートと地名を挙げた。男性はますます呆れたような表情になり、ようやくマドリードまで達すると、笑いながら言った。

「カランバ」

確かに、やれやれ、としか言いようがなかっただろう。

しかし、それからも三人で呑みつづけ、グラスが空になるたびにその男性が注文してくれ、最後まで代金を払いつづけてくれた。

彼が奢《おご》ってくれたのはワインだけではなかった。話しながら眼をやると、カウンターの前で呑んでいる人の前には、ツマミのようなものを盛った小皿が置いてある。そのツマミは、オリーブの実だったり、小エビだったりする。私がチラチラ見ているのがわかったのだろう、男性が小エビの皿を取ってくれた。鉄板で焼いただけというこの小エビがおいしかった。

私は適当なところで二人に別れを告げると、近所のバルのはしごを開始した。

バルにも流行《はや》りすたりがあるらしく、超満員の店もあれば、閑散としている店もあった。バルによって売り物のツマミが違うということもわかった。オリーブの実はどこにもあるようだったが、小エビの代わりにイカのリングのフライだったり、各種の貝やイワシのマリネ、それにポテトサラダが置いてある店もあった。

私がこれはと目星をつけたバルに入り、赤ワインを一杯とツマミを一皿もらって呑んでいると、必ず誰かが話しかけてきてくれた。そして当然のごとく、もう一杯、ということになる。私は本当に久しぶりに酒を楽しむことができたような気がした。酒を楽しんだというより、酒場を楽しんだといった方がいいかもしれない。旅に出て以来、酒場で呑むことの楽しみを味わったのは、これが初めてだったようにも思えた。

ふと時計を見ると、午前三時になっている。私は慌ててペンションに帰ることにした。

ところが、バルからバルへとはしごをしているうちに方向感覚を失ってしまったらしく、ペンションを求めてあちこちうろつかなくてはならなかった。それでもなんとかペンションの入っている建物を見つけることができたが、今度は入口の扉《とびら》が開かない。押しても引いてもびくともしないのだ。どこを探しても呼び鈴のようなものはない。

夜、ペンションを出ていく時、女主人が何か熱心に言っていたが、このことだったのかもしれないと気がついた。その時は、女主人のスペイン語がよく理解できなかったこともあって適当に聞き流していたが、もっときちんと聞いておくのだった。後悔したが、まさにあとの祭りだった。どうやら、私は宿を締め出されてしまったらしい。

さて困った。どうしたものだろう。いっそのこと、朝までやっているバルを探そうか。そう思いかけた時、向こうから若い男が近づいてきた。こんな真夜中にうろついているような男である。厄介《やっかい》なことに巻き込まれなければいいが、と身を固くしていると、通りすがりに不意に声を掛けられ、跳び上がるほど驚いた。

「どうした？」

男が二度おなじ言葉を繰り返すのを聞いて、その声の調子に優しげなものが混じっているのに気がついた。私は彼に向き直り、鍵《かぎ》をまわす仕草をし、首をすくめた。すると、彼は親愛の情の籠《こ》もった笑みを浮かべ、任せておけというように頷《うなず》いた。どうするのかと見ていると、彼は両手を合わせて柏手《かしわで》を打った。パンパンパーンというその音は、深夜の街に気持よく響いていった。

しばらくすると、夜警スタイルのおじさんがブロックの角を曲がってやって来た。

その姿を見ると、若い男は軽く手を挙げて立ち去った。彼もどこかで同じことをするのかもしれなかった。

おじさんは、私が何も言わない前に、腰から下げたたくさんの鍵の中の一本で扉を開けてくれた。やはり、こういう場合はいくらか払わなくてはならないのだろう。五ペセタ渡すと、何か言いたそうだったが、まあいいか、というような顔をして引き上げていった。あるいは、十ペセタくらいが相場だったのかもしれない。

その日、私がベッドに入ったのは午前五時を過ぎていた。マドリードの夜は、第一日目からなかなかスリリングに推移したと言えそうだった。

2

ヨーロッパの冬についてはいろいろ聞かされていた。とにかく、暗く、寒い、と。暗く、寒く、おまけに寂しい、と。

だが、ヨーロッパといっても地中海沿いの南ヨーロッパを移動してきたせいか、暗さも寒さもさほど感じなかった。マドリードは、太陽の国の首都とはいえ、内陸の、それも海抜六百五十メートルという高地にあるため冬の冷え込みはかなりのものになるぞ、と脅《おど》かされていた。私も覚悟はしていたが、日中はもとより、朝晩も身がすくむというほどの寒さではなかった。

暗さにも寒さにも驚かなかった私が、ヨーロッパに入って唯一《ゆいいつ》困ったのは日曜日だった。ヨーロッパを旅する者にとって日曜日こそは魔の一日だった。官公庁や銀行が閉まっているのは当然としても、商店という商店が軒並み閉まってしまうのだ。香港からトルコまではそんなことはなかった。商店や市場は休日こそ賑わっていたのだ。ところが、ヨーロッパでは、家具や洋服といった不要不急のものを売る店だけでなく、パン屋や総菜屋といった貧乏旅行者にとっての命綱のような店まで閉まってしまう。うっかり土曜に食料を仕入れるのを忘れると、翌日は日曜でも開いているレストランを見つけ、予定外の出費を覚悟しなくてはならなくなるのだ。

日曜日が貧しい旅行者にとっての魔の一日になるのは、何もそうした手痛い出費を強《し》いられるからというばかりではない。街には人気《ひとけ》が少なく、夜になれば人通りが途絶えてしまう。自分がまったく独りきりの存在だと思い知らされるのはそうした瞬間だ。

しかし、マドリードの日曜はどこか違っていた。やはりほとんどの商店は閉まっており、通りを走る車の数も少なくなっているが、街にどこか人を陽気にさせるものがある。親子連れや恋人同士が仲良く歩いているのはどこでも同じだが、なぜかそれが他の国で見た親子連れや恋人同士より楽しげに見えるのだ。

そればかりではない。マドリードの日曜には「蚤の市《のみのいち》」があった。そこに行けば、大勢の人がいて、人との関《かか》わりがあり、何より独特の温もりが感じられた。

マドリードの「蚤の市」ラストロは、マヨール広場からサン・イシドロ寺院を過ぎてしばらく行ったカスコーロ広場の付近で催される。

その一帯の道路や路地は、午前十時を過ぎる頃《ころ》には人の波で身動きができないほどになる。かつての「蚤の市」を知る外国人の中には、最近は観光客ずれしてきてつまらなくなったという意見があるらしい。しかし、実際に行ってみると、そんな外国人のやわな嘆きなど吹き飛ばしてしまうほどの迫力があった。

上は十字架から、下は便器まで――何が上で何が下かはわからないが――とにかくありとあらゆるものが露店に並べられている。日用雑貨、食器、骨董《こっとう》、絵画、古本、古着、アクセサリー、ガラクタ、オモチャ、靴《くつ》、バッグ、犬、猫《ねこ》、小鳥、なんでもある。これを、観光客ばかりでなくマドリードの住人も一緒になって、店から店に移動するのさえひと苦労という人の波の中で呆れるほど丹念に見て廻《まわ》るのだ。

この「蚤の市」でゴヤの真作が見つかったことがあったという。ある日、素人《しろうと》の絵画マニアが、いつものように「蚤の市」の露店を冷やかしているうちに、あるガラクタ屋のシートの上に無造作に並べられているゴヤ風の作品が眼に留まった。もちろん贋作《がんさく》に決まっている。値段を訊ねると、千ペセタだという。そこで彼はそれを言い値で買い、家に持って帰った。ところがよく調べてみると、それは贋作などではなく紛れもないゴヤの真作だった。彼は結局それを二百万ペセタで売ることができた。

これはマドリードの「蚤の市」で語り継がれている嘘《うそ》のような本当の話だ、と日本で読んだ何かの本に書いてあった。もちろん、この挿話《そうわ》の主人公は千ペセタで二百万ペセタの大当たりを得たマニア氏である。だが、私にはゴヤの真作を千ペセタで売ってしまったガラクタ屋のことが気になってならなかった。そうと知った彼は悔しさのあまり発狂してしまったのではないだろうか。そこまでいかなくとも、仲間や女房から終生ダメな男として冷遇されたのではないだろうか。ガラクタ屋のその後を思うと、こちらまで暗い気分になってきてしまう。

が、しかし、この「蚤の市」を実際に歩いてみて、その考えは少し変わった。骨董や絵画を売っている露店主たちは、誰も彼もいかにもやり手風なのだ。ガラクタ同然の骨董にも曰《いわ》くありげに手が加えられているし、何ということもなさそうな絵画にも「あるいは」と思わせるような細工がされている。その骨董や絵画を、マニアたちが冗談を言いながら、けっこう真剣な眼差《まなざ》しで見つめている。いわば、これは露店主とマニアとの騙《だま》し合いであり、それに負けたからといって同情は必要ないらしいことがわかったのだ。例のガラクタ屋も、それを本当のゴヤの作品とは知らないまま、いかにもゴヤの作品に見えるよう額に妙な細工をしなかったとも限らないし、マニア氏にしても、それに騙されただけで本物だったのは単なる偶然だったかもしれないのだ。

私はこの「蚤の市」をただ漠然《ばくぜん》と流していたわけではなかった。ひとつだけ目的があった。できれば、ガルシア・ロルカの本を見つけたいと思っていたのだ。ロルカについては、スペイン内戦の渦中《かちゅう》にあって反乱軍の手にかかって殺された共和派の詩人、という以外に大して知らないのだが、私は劇作家でもあった彼が遺《のこ》した『血の婚礼』という作品が好きだった。あの血にまみれた悲劇の世界はどのような言葉で記されているのだろうか……。私が大学で第二外国語にスペイン語を選んだほとんど唯一の理由はそこにあった。だが、日本ではロルカのスペイン語版が手に入らず、洋書屋にあるのはフランス語版だけだった。取り寄せるといっても、フランコ治世下のスペインでは、共和派のロルカは禁書に近い扱いを受けているのではないかと思われた。そのうちに、そうしたスペイン語に対する僅《わず》かな情熱も、日欧交渉史を専門とするスペイン語の教師から、大昔の宣教師の報告文などを読まされているうちに消えてしまった。

しかし、もし「蚤の市」の古本屋にロルカがあれば買って帰りたかった。そこからもう一度スペイン語の勉強が始められるかもしれないなどと殊勝なことを考えたわけではないが、唯一のスペイン土産として自分のために手に入れたかったのだ。

何軒か探したが見つからない。やはりまだ、ロルカを大っぴらに売ることはできないのだろうか。念のために、比較的大きな売場面積を持っている古本屋で訊《たず》ねてみた。そこは家族でやっているらしく、店番に親子らしい三人の男がいた。私は最も手前にいた十六、七歳くらいの若者にそっと声を掛けた。

「ガルシア・ロルカの本はあるかい」

思わず小さい声になってしまったのは、最近まで瀕死《ひんし》の床《とこ》についていたとはいえ、フランコが存命中のスペインでは、まだロルカという名前を声高《こわだか》に口にしてはいけないように思えたからだ。

ところが、私のスペイン語では一度で理解できず、二度繰り返してようやく理解してくれたその若者は、こちらがうろたえるほどの大声で言った。

「ロルカなら、一冊あるよ」

見せてもらうと、『血の婚礼』に『イェルマ』と『ベルナルダ・アルバの家』を加えた、いわゆるロルカの三大悲劇を収めたものだった。堅牢《けんろう》ないい造本だったが、千六百ペセタという値段では手が出なかった。

しかし、ロルカが実際に売られているということより、こうも大っぴらにその名が発せられるということの方が意外だった。これならもう少し根気よく探せば安いロルカが見つかるかもしれない。すると、何軒目かで、いかにも本に詳しそうな老人がひとりで椅子《いす》に坐《すわ》っている露店があった。

「ロルカの本はありますか」

私が今度はごく普通の声で言うと、老人は素早く私の顔を見て言った。

「ノ・テンゴ」

持っていない。そして、鋭くこう付け加えた。

「そんなことを口に出してはいけないよ」

老人の顔は緊張しており、あたりを窺《うかが》うように見まわしている。周囲にはただ本を探している客がいるだけだったが、老人の緊張感はこちらにも伝わってきた。私は黙って頷くと、そこからそっと離れた。

人の流れに身を任せて「蚤の市」を歩きながら、私はいったいどちらが本当なのだろうと考えていた。少年の無頓着《むとんちゃく》さが現代のスペインなのか。それとも老人の用心深さが現代のスペインにも必要なのか。単に二人の年齢の差があのような違った反応を生み出しただけなのか。私にはどちらとも判断がつきかねた。

もちろん、マドリードの日曜が他のヨーロッパの国の日曜に比べて寂しくないとしたら、それは「蚤の市」だけでなく、バルのお陰もあったかもしれない。マドリードでは日曜の夜にもバルが開いており、なによりそこで呑《の》んでいる人が大勢いた。そして、私がワインを呑んでいると、必ず誰かが話しかけてきてくれた。そこで交わされる会話は他愛《たわい》ないものだったが、日曜の夜の寂しさを紛らわせるには充分だった。

マドリードでは、日本の若者とよく顔を合わせるようになった。しかし、滅多に言葉を交わすことはなかった。眼が合っても、向こうから視線をそらせてしまうのだ。最初のうちはその理由がよくわからなかったが、やがてそれは彼らが私を自分の鏡としているからだと気がついた。痩《や》せて、みすぼらしく、生気がない。彼らはそうした自分の姿を見たくなかったのだ。いや、自分の姿を見たくなかったのは彼らだけではなかったかもしれない。

例えば、マドリードには、ヨーロッパからアジアを旅している日本人のヒッピーたちに申し送りのように伝えられている一軒のレストランがあった。その名も「奇蹟《きせき》の家」という。正式な名前は別にあるのだが、奇蹟のように安い店というところから日本人のあいだでそう呼ばれるようになったのだ。イスタンブールで会った学生も、ぜひ行くといいと勧めてくれ、地図まで描いてくれた。

ある日、昼食時に行ってみると、店内は日本人の貧乏旅行者でいっぱいだった。ほとんどがひとりらしく、定食の皿に覆《おお》いかぶさるようにして黙々と食べている。確かに安そうだったが、そこで食べる気にはなれなかった。たぶん、私はそこにいる日本の若者の様子に自分の姿を見るようでいやだったのだ。しかし、奇妙なことに、私のすぐ後から入ってきたスペイン人の二人連れが、店内の日本人の群れを見て、「ウエッ」というように顔をしかめるのを見て、言いようのない腹立たしさを覚えた。私もまた、それを自分に対する侮蔑《ぶべつ》と受け取ってしまうほど過敏になっていたのだろう。

だから、グラン・ビアのバルで、向こうから声を掛けてきた日本の若い商社員と一時間ほど話したのがほとんど唯一の例外だった。

彼は、スペインが、というよりスペイン人が気に入らないらしく、彼らの働きぶりを国民性とやらと結びつけて悪《あ》しざまに罵《ののし》った。その断定的な口調を耳にしながら、私はそんなに簡単なはずはないけどな、と思っていた。異国のことがそんなに簡単にわかるはずはない。

〈わかっていることは、わからないということだけ〉

そう胸の裡《うち》で呟《つぶや》きながら、おやっ、と思った。この台詞《せりふ》は、誰かの口から発せられたものではなかったろうか。

そうだ、あれはタイでのことだった。ソンクラーのホテルでバンコクに駐在する日本人の夫妻と知り合い、ひと晩、バーで酒を呑んだことがあった。

とりわけ御主人はタイについて詳しく、私が抱いていたタイやタイ人についての疑問に納得のいく答えをいくつも提出してくれたものだった。

ところが、夫妻が披露《ひろう》してくれたタイ式一口噺《ばなし》にひとしきり笑ったあとで、御主人が真顔になって言ったのだ。

「しかし、外国というのはわからないですね」

私にはその言葉は意外だった。彼がどういう種類の仕事をしているかはあえて訊ねなかったが、それまでの断片的な話によってさえ、タイの政治と経済について深い知識をもっていることは歴然としていたからだ。

「外国ってわからない」

御主人が独り言のように繰り返し、さらにこう付け加えたのだ。

「ほんとにわかっているのは、わからないということだけかもしれないな」

「でも、さっきからいろいろな話をうかがっているうちに、タイという国が少しずつわかってきたような気がしましたけどね」

私が言うと、彼は苦笑して言った。

「いや、ああいったことくらいでひとつの国をわかったように思うのは危険だよ」

それはそうだろうが、と私が反論しかけると、御主人はそれを制して続けた。

「状況はどんどん変化して行くし、データなんかは一年で古びてしまう。それに経験というやつは常に一面的だしね」

確かに、それはそうだ。

「知らなければ知らないでいいんだよね。自分が知らないということを知っているから、必要なら一から調べようとするだろう。でも、中途半端に知っていると、それにとらわれてとんでもない結論を引き出しかねないんだな」

そういうことはあるかもしれませんね、と私は相槌《あいづち》を打った。

「どんなにその国に永くいても、自分にはよくわからないと思っている人の方が、結局は誤まらない」

なるほど、と思った。日本にも、外国にしばらく滞在しただけでその国のすべてがわかったようなことを喋《しゃべ》ったり書いたりする人がいる。それがどれほどのものかは、日本に短期間いた外国人が、自国に帰って喋ったり書いたりした日本論がどこか的《まと》はずれなのを見ればわかる。日本人の異国論だけがその弊《へい》を免《まぬか》れているなどという保証はないのだ。わかっていることは、わからないということだけ、という彼の言葉は新鮮に響いた。

〈そう、わかっていることは、わからないということだけ……〉

怠惰、横着、無責任、愚図。スペインとスペイン人を一刀両断に切り捨てるその若い商社員は、スペインに来て一年半になるという。その彼に、ふと思いついて、先日の「蚤の市」での古本屋の対応の違いについての感想を訊ねてみた。しかし、彼にはまったく関心のない話題らしく、老人の言った台詞を君が聞き違えたか、老人が君をかつごうとしたかどちらかだろうよ、とあっさり片付けられてしまった。あるいは、そういうことだったのかもしれない。しかし、あの老人の緊張した顔つきは冗談では済まないものがあった。

わからない、どうしてだったのだろう……。

わからないといえば、マドリードの人々がバルで私に奢《おご》ってくれる理由も本当のところはよくわからなかった。私が東洋人だからか、日本人だからか、あるいは長期の旅行者だったからだろうか。

そんなことを考えるようになると、自分のバルでの振る舞いが気になってきた。どこをどう旅してきたかと訊ねられ、辿《たど》ってきた長い道のりについて話す。そのあいだに、何杯かのワインを奢ってもらう。それが、自分の旅の話を売り物にしている芸人のように思えてきたのだ。そこで、ある晩から私は自分の旅についてはほとんど話さないことにした。だが、それでもマドリードの人たちが気軽に奢ってくれることに変わりはなかった。それがスペイン人なのさと簡単に了解してしまえないこともないが、考えはじめると「それ」とはいったい何を指すのかが曖昧《あいまい》になってきてしまう。

いずれにしても、私はバルで奢ってもらうことにぎこちなさを覚えるようになってきた。一杯のワインを素直に受け取れなくなってしまったのだ。

夜のバルで無邪気な交歓ができなくなると、もうこのマドリードで何をしていいかわからなくなった。

昼は街を歩き、公園や教会で足を留める。夜になると、レストランには行かず、いきなりバルに入る。何軒かハシゴをするうちに、ワインとタパスと呼ばれる各種のツマミで腹がふくれてくる。どこに行っても話し相手にはこと欠かないが、それで冬の夜の寂しさが紛らわされるということもなくなってきた。

そこで、バルからペンションへの帰りには、ついゲーム・センターに寄ってしまうことになる。ソルやグラン・ビアのゲーム・センターには、いつでもやはり寂しい若者たちがいて、押し黙ったままさまざまなゲームをしている。鳴り響くのはゲーム機が発する金属音や電子音だけだ。その寂しい騒音のただ中にいると妙にホッとする。都市には何はなくともゲーム・センターだけは必要だ、などと腹の中で呟きながら、だらだらとゲームをしつづけてしまう……。

ある夜、バルでしたたかワインを呑み、帰りにゲーム・センターに立ち寄った。その日はいつになく調子がよく、わずか一ゲームの代金を投入しただけで三十分もピンボールを楽しむことができた。

だが、そこから帰る途中の道で、私は不意に深い虚脱感に襲われた。いつもの道を、いつものように歩いているだけなのに、体がだるく、周囲の建物が重くのしかかってくるように感じられる。

〈いったい俺《おれ》はこんなところで何をしているのだろう……〉

私は自分がひどくつまらない存在であるように思え、自分がまるで他人のように感じられてきた。私は今この瞬間に、路上で強盗に遭《あ》い、ナイフを突きつけられたら、意味もなく自分の体をその刃にぶつけていってしまうような気がした。

「無にまします我らの無よ……」

ヘミングウェイが、短編の主人公に呟かせた文句が口を衝《つ》いて出てきた。その主人公のバーテンが歩いているのも確かスペインの街だったはずだ。マドリードだったかバルセロナだったかは忘れたが、彼が聖句を換骨奪胎《かんこつだったい》して呟く台詞《せりふ》はよく覚えている。

「願わくは御名の無ならんことを、御国の無ならんことを、御心の無におけるがごとく、無においても無ならんことを、我らにこの無を、我らが日常の無として与えたまえ、我らが無を無にするごとく、我らの無を無にさせたまえ」

そして、深夜、仕事の帰りに別の酒場によった主人公は、その店のバーテンに何になさいますかと訊ねられ、

「ナーダ」

無だ、と答える。すると、バーテンはそっぽを向いて呟く。

「オトロ・ロコ・マス」

またひとり狂った奴《やつ》が来た、と。

今の私だったら酒場で注文を訊《き》かれてもナーダとは答えないだろう。なぜなら、私がナーダそのものだからだ。まさに今の私は、無にして無、ナーダ・イ・ナーダのようだった。ナイフで切り裂いても空気が洩《も》れるだけでしかない……。

私は自分が自分の命に対していまほど無関心になったことはないなと恐れながら、夜のマドリードを急ぎ足で歩いた。

3

バスの外は暗かった。

ガラス窓に額を押しつけ、街灯がまだ明るさを失っていない朝のマドリードを眺《なが》めつづけたが、街は依然として眠ったままのようだった。私は午前六時発のバスでマドリードからリスボンに向かおうとしていた。

リスボンはユーラシアの果てだ。行き止まり、どんづまりといってもいい。リスボンに着けば、あとはパリに折り返し、ロンドンに向かうだけだ。あるいは、これが最後の旅になるかもしれない。私はなかば闇《やみ》に溶けているマドリードの街に眼《め》をこらしながら、いささか感傷的な気分になっていた。

しかし、このバスに乗り込み、席に腰を落ち着けるまでは、とてもそのような気分に浸るどころではなかった。

まず、このバスに乗ると決めるまでが大変だった。私の目的地はリスボンだったが、このバスはリスボン行きではなかった。ポルトガルとの国境に近いバダホスという町までしか行かないのだ。

前日、リスボン行きのバスのタイム・テーブルを求めて、地下鉄パロス・デ・ラ・フロンテーラ駅の真上にある南ターミナルに行くと、案内所でまた例の「そんなバスはない！」の大合唱に遭ってしまった。それなら、ポルトガル国境まで行くバスはないかと訊《たず》ねると、ようやくひとりが別のバス・ターミナルからならバダホス行きが出ていると教えてくれた。そこで、バダホス行きのバスの時間を教えてくれと頼むと、よそのターミナルのことまでわからないと体《てい》よく追い払われてしまった。

私はソルにいったん戻り、どこで調べたらいいか考えた。普段ならツーリスト・インフォメーションで訊けばいいのだが、あいにく日曜で閉まっている。おまけに、バダホス行きのバスが出るというターミナルは、マドリードの北にあってかなり遠い。

直接行って訊ねるのは大変だ。どうしたものかと歩きながら考えているうちに、グラン・ビア近くの比較的大きなホテルの前に出てきてしまった。

ふと思いついて、ホテルの中に入っていき、レセプションに立っている男性に訊ねた。自分はここに泊まっている客ではないが、リスボン行きのバスの時間を調べたいのだが、もしタイム・テーブルのようなものがあったら見せてもらえないだろうか。すると、彼は思いのほか快く、机の下の箱の中から何枚綴《つづ》りかになっている時刻表を引っ張り出し、あれこれ説明しながら見せてくれた。それによれば、やはり路線バスでリスボンに直行しているものはなく、ポルトガル国境へはバダホスまでしか行っていないようだった。しかし、と彼は言った。そこから先へ行くバスがないとも思えないから、とにかくバダホスまで行ってみたらどうか。調べてもらうと、朝の六時にマドリードを発《た》つバダホス行きのバスがあった。

その夜、バルからペンションに戻った私は、明日は朝が早いので、と宿泊費を前もって払わせてもらうことにした。ところが、一泊百二十ペセタの約束のはずが、女主人は百五十ペセタだという。一日三十ペセタのこととはいえ、一週間分ともなれば大きかった。私は断固として譲らず、女主人も娘さんを動員して頑強《がんきょう》に主張する。結局、その中間で手を打つことになった。せっかく女主人もいい人で、快適に過ごしてきたのに、最後の最後になって揉《も》めてしまうのが残念でならなかった。

部屋に戻り、気持が落ち着くと、最初に料金を訊ねた際、女主人の言うスペイン語がよくわからず、数字を紙に書いてもらったことを思い出した。紙切れを探すと、ザックのポケットから出てきた。間違いなく女主人の筆跡で「120」と書いてある。ほら、と女主人に見せに行こうとして、それが「150」と読めないこともないのに気がついた。5の頭が小さく、尻《しり》に妙な飾りがついているため、私には2としか読めなかっただけのようなのだ。これは悪かった。明日の朝、出発する時にあと十五ペセタ分払っていくことにしよう。ところが、朝になってそのことを持ち出すと、さらに十五ペセタ値切られると思ったらしい女主人から、早く出ていってくれと追い立てを食ってしまった。私は腹を立て、それならいいと、飛び出してきた。

時間が時間なのでバス・ターミナルまではタクシーを奮発するつもりでいた。ところが、怒りに任せて、通りに停《と》まっているタクシーに乗り込んでしまってから、しまったと思った。動き出したとたん、二十ペセタのメーターがカチッと二十一に変わってしまったのだ。初めて乗るので料金のシステムがわからないが、少しも走らないのに二十ペセタも取るなどということがあるだろうか。そういえば、メーターを入れるところを確認しなかった。しかし、乗ってしまったのだ。まあ、仕方がないか、と諦《あきら》めた。それに、料金のことより、バスの時間に間に合うかどうかが心配になってきたこともある。ところが、どうにか予定の時間にバス・ターミナルに着き、いざ料金を払う段になって、また揉めてしまった。メーターは五十ペセタを示している。私が六十ペセタを払うと、それでは足りないという。七十ペセタだというのだ。どうしてだ、と理由を訊ねた。二十ペセタは荷物の料金だという。大きな荷物ひとつにつき十ペセタを払うことになっているのは知っていた。だから、ザックの分として十ペセタ余分に払っているではないか。すると、荷物はひとつではないという。肩に掛けたバッグがあるではないかというのだ。私はここでも腹を立て、ふざけるな、と日本語で言うと、六十ペセタを叩《たた》きつけて降りてしまった。

別に追いかけてこなかったところをみると、本気ではなかったのだろう。しかし、これでマドリードとはお別れだというのに、気持がささくれ立つようなことばかりが起きるのが寂しかった。だから、マドリードとの別れに感傷的な気分が湧《わ》いてきたのも、バスが走りはじめてしばらくしてからのことだったのだ。

空に星が瞬《またた》いているのがはっきり見える。

マドリードの市街地を抜けると、バスはすぐに田園地帯に入っていく。暗い道を照らしているのは、長い間隔で立っている街灯と、バスのヘッド・ライトだけだ。

それでも、東に山の峰があり、その稜線《りょうせん》が朱に染まりはじめている。ゆっくりとだが夜が明けかかっているのだろう。

バスは、小さなバス・ターミナルやガソリン・スタンドの前で少しずつ新しい客を拾っていく。

ひとつのターミナルで幼い少女が乗ってきた。私の前の席に坐《すわ》ると、窓の外を見ながら泣きはじめた。隣には母親とは思えない若く美しい女性が坐り、懸命に慰めの言葉をかけている。だが、少女には絶対の哀《かな》しみがあるらしく、泣きやまない。

私は座席と窓ガラスの隙間《すきま》からその様子を見ているうちに、ちょっとしたお節介をしたくなった。私は後ろから少女の肩をトントンと叩き、びっくりしたように振り向いた彼女に、キャンディーをひとつ差し出した。少女は一瞬戸惑ったようだったが、すぐに「グラシアス」と言って受け取ってくれた。そして、隣の若い女性に、こんなものを貰《もら》ったわというように見せると、包装の紙をむいて口に含んだ。それを機に少女は泣きやみ、若い女性がありがとうございますというように前の座席から顔をのぞかせて頭を下げた。別に何ということもない。誰だって、キャンディーをなめながら泣きつづけることはできないだけのことだったのだ。

冬枯れの野原には、オリーブの木と、果てしなく続いている送電線しかない。

やがて、河が見えてきた。この河は大西洋に流れ込んでいるのだろうか。もしそうなら、私もこの河の流れと同じ方向に向かっていくことになる。

河が見えなくなると、道の両側に牧草地が広がり、羊の群れが草を食《は》んでいるのが見えてくる。

と、突然、濃い霧に覆《おお》われる。ほとんど視界のきかない霧の中から、不意に対向車が姿を現し、冷やりとさせられる。

霧が晴れると、右手に湖が見える。いや、これもまた河なのかもしれない。

天候と共に風景も刻々と変わっていくが、高地から低地に向かっていることだけは確かなようだ。

遠く、右手の小高い丘に、城壁に囲まれたくすんだ町が見えてくる。そこを過ぎると大きな石の転がる野原が続くが、電柱の碍子《がいし》から切れた電線が垂れているのが荒涼とした印象を増している。

小さな集落がぽつぽつとあるのが見える。そこを過ぎると、刑務所だろうか、赤く高い壁に囲まれた施設がある。そこでバスの客の何人かが降りる。

また霧がかかり、また霧が晴れると、今度は農夫がオリーブ畑でオリーブの実を落としている姿を見かけるようになる。

前の座席の少女が振り向き、隣に坐ってもいいか、と訊ねてくる。私は空いている隣の席に少女を迎える。私たちはスペイン語のいくつかの単語だけで話す。

名前は？　いくつ？　どこへ行くの？　好きなものは何？

それでも充分に会話をしているという喜びがある。

イサベル。八歳。カセレス。パパ……。

やがてそのカセレスという町が近づいてきた。ポルトガルへ百七キロという表示も見えてくる。

私とイサベルは、彼女が降りる前にアドレスの交換をする。彼女は私が渡した紙を小さな財布に大事そうにしまい、これは私の「＊＊」なのよと言った。その単語は聞き取れなかったが、いずれにしても悲しくなるような言葉だとは思えない。

乗客の多くはそこで降り、すぐに散っていったが、イサベルは同伴の若い女性と二人で、バスが発車するまで見送ってくれた。イサベルとその若い女性との関係がどのようなものか、イサベルがなぜ泣いていたのかは最後までわからなかった。わかっていることは、わからないということだけ。それは一国の状況や国民性ばかりでなく、ひとりの少女、ひとりの女性にも言えるものだったのだ。私も二人に手を振りながら、わかっていることは、わからないということだけ、と小さく口に出して呟《つぶや》いていた。

終点のバダホスには正午過ぎに到着した。

そこで訊ねると、幸運にもその日のうちにリスボンまで行けることがわかった。まずカヤという町でスペインとポルトガルの国境を越え、エルヴァスという町まで行くと、そこからリスボン行きのバスが出ているという。

三十分後にバダホスからカヤ行きのバスが出発した。

バダホスからカヤまでは意外に近く、十五分足らずで国境に到着する。そこでポルトガル入国のスタンプを押してもらい、再びバスを乗り換えてエルヴァスに向かうのだが、これも十五分ほどで着いてしまうほどの距離だった。

エルヴァスのバス・ターミナルで訊ねると、リスボン行きは午後四時発だという。三時間待てばいいのかと思ったが、そうではなかった。スペインとポルトガルとの間には一時間の時差があり、結局四時間も待たなくてはならなかったのだ。

しかし、その時間のお陰で、エルヴァスという城塞《じょうさい》都市をくまなく廻《まわ》ることができたのは幸いだった。とりわけ、町のはずれの古い城壁からは、心をしんとさせてくれるような、ポルトガルの静かで穏やかな谷間の村々が眺め渡せた。

リスボン行きのバスは、午後四時にエルヴァスのバス・ターミナルを出発した。沿道の風景もスペインとは少しずつ変わっていく。すべてが小ぶりにいくらか貧しくなっていくようにも感じられる。

客を乗せるため、白い壁に囲まれた小さな町に何度も停車する。乗るばかりで降りる人が少ないのは、マドリードからと違って、リスボンという都会に近づいていくからだろうか。

道の真ん中で荷馬車を引いた驢馬《ろば》が動かなくなり、バスも立ち往生してしまう。しかし、誰ひとり文句を言うこともなく、驢馬が動き出すのを静かに待っている。なだらかな丘陵地帯に夕陽《ゆうひ》が落ちていく。太陽が地平線に沈むと、丘が、樹木が、赤いスクリーンをバックに美しいシルエットを浮かび上がらせる。

途中の町で少し長めの休憩の時間があった。ジュースを飲みながら、バス・ターミナルの周囲をぶらつくと、すぐ眼の前に墓場があるのに気がついた。暗い墓地に白っぽい墓碑や十字架がぼんやり見える。夜の墓場というのは、洋の東西を問わず、あまり気持のよいものではなさそうだった。

そこから乗り込んできて私の隣に坐った若者は変わっていた。彼は、荷物をまったく持っていないことと、髪が長いのが気になるということを除けば、ジーンズにセーターというごく普通の格好をした、ごく普通の若者と思えた。

ところが、走りはじめてすぐに、達者な英語で話しかけられた私は、いきなりびっくりさせられることになった。

「君は神を見たことがあるか」

第一声がそれだったのだ。

「何だって？」

聞き間違いではないかと思い、訊《き》き返した。すると、若者はそれとはまったく別のことを訊ねてきた。

「旅をしてるのか」

そうだと私が答えると、どこへ行くと訊ねてきた。リスボンと答えると、また訊ねてきた。

「何をしに」

その質問にはうまく答えられそうになかった。だから、逆に訊き返してみた。君はどこへ行くんだい。すると、彼は私の知らない地名を挙げた。

「ファティマ」

「何をしに?」

「神に会いに」

彼が冗談を言っているのではないことがわかって、私は絶句してしまった。

「私は神に会ったことがある」

「…………」

私が黙っていると、また訊ねてきた。

「君は神の愛を信じるか」

神の存在そのものを信じたことがない。そう言うと、彼は畳み掛けるように質問してきた。

「なぜ君は生きているのか」

「…………」

「なぜ君は旅をしているのか」

私が圧倒されて黙ったままでいると、彼は歌うように言った。

「神の愛を信じる時、なぜ君が旅をしているかわかるだろう」

何だって? 神の愛を信じる時、俺《おれ》が旅をしている理由がわかる、だって? 別に、神の愛を信じなくとも、俺が旅をしている理由なんかわかるさ。俺は単にデリーからロンドンまで乗合いバスで行くことができるかどうかと……。

いや、私はそのロンドンからむしろ離れていたのだった。私は彼の表情にファナティックなものを感じていたが、その言葉を一笑に付すわけにはいかなくなった。本当に、私はなぜ旅をしているのだろう。目的地のロンドンへ向かおうともせず、何だってこんなところをうろついているのだろう……。しかし、だからといって、この旅と、彼の神とが、どこかで結びついているとは思えなかった。

大きな橋が見えて、彼方《かなた》に広大な光の粒の連なりが見える。坂を下り、その長い橋を渡ると、そこがリスボンだった。

バスを降りる時、隣の若者に訊ねてみた。

「君はどこの国の人？」

彼が使っている英語は、スペイン人やポルトガル人が操る英語ではなく、母語としての英語のようだったからだ。

すると、彼はまったく私に関心を失ったような生気のない口調で言った。

「もう忘れた……」

その時、私は、彼が墓場の前から乗ってきたのを思い出し、冷たいものを感じた。

4

リスボンで迎えた最初の朝はさほど快適なものではなかった。

いつもなら、初めての街に着いた翌朝は、眼を覚ましたとたん、体内に「さあ街を歩いてみよう」という活力がみなぎっているものなのに、この朝はベッドに横になったままの姿勢を変えようという気にもならない。疲れていたこともあるだろう。とにかく、一日でマドリードからリスボンまで駆け抜けてきてしまったのだ。しかし、それ以上に、ポルトガルという国、リスボンという街が、私にとってのっぺらぼうの存在だったということの方が大きかったように思える。何はともあれユーラシアの果てまではと来てみたが、肝心のポルトガルについてもリスボンについてもほとんど何も知らないということに気がついて呆然《ぼうぜん》としてしまった、といったところだったのだろう。その国や街についての知識を欠いているのは毎度のことだったが、歩く取っ掛かりになるイメージさえ持っていないのだ。

私はベッドの中で、ポルトガルとリスボンについて知っていることにはどんなことがあるだろう、と指を折るようなつもりで考えてみた。

まず、ポルトガルは戦国時代の日本にとって、ヨーロッパ諸国の中で最も早く登場した貿易相手国だったということがある。種子島《たねがしま》に火縄銃《ひなわじゅう》を伝えたのも確かポルトガル人だったはずだ。

そう、それと宣教師の存在を忘れるわけにはいかない。南蛮《なんばん》船と呼ばれる船に乗って、多くのポルトガル人宣教師が日本を訪れた。中でも、我がスペイン語教師が情熱的に語っていたイエズス会のルイス・フロイスを忘れてはいけないだろう。教師は、暇があると、いや暇がなくとも、フロイスの書いたあの長大な『日本史』の素晴らしさについて、文字どおり口角泡《あわ》を飛ばすという勢いで語っていたものだった。

それから、ローマで画家の未亡人のお宅で読ませてもらった本の中に、天正《てんしょう》の遣欧《けんおう》少年使節団についてのものがあったが、彼らがヨーロッパにおける第一歩を踏み出したのがこのリスボンだったということがある。彼らは教皇《きょうこう》への目通《めどお》りを果たすため、ここからさらにローマまで旅をしていったのだ。

あとは……ポルトガルにおける演歌ともいうべきファドが、この港町のリスボンに生まれたということくらいだろうか。

そう考えてみると、やはりすべてが海に関係のあることばかりだ。ポルトガルが海によって国力を伸ばしていき、海によって日本と結びついていた以上、あるいはそれも当然のことだったかもしれない。

〈とりあえず海でも見にいくとしようか……〉

だが、そんな風にしなければ街に出て行く気力が湧《わ》いてこないのが情けなかった。

「起床！」

私は大声を出して跳び起きると、リベルダーデ大通りにあるというツーリスト・インフォメーションへ行った。そこで無料の地図とパンフレットの類《たぐ》いを貰《もら》うと、通りに面したベンチに坐り、ざっと眼《め》を通してみた。

それでわかったことのひとつは、私が泊まったペンションはなかなか面白い位置にあるということだった。

昨夜リスボンに着き、どこに泊まろうかと思案していると、通りがかりの若者が助け舟を出してくれ、自分が知っているという安いペンションに案内してくれたのだ。ペンションはコスタ・ド・カステロという名の通りに面していたが、それはポルトガルの象徴ともいうべきサン・ジョルジェ城とアルファマ地区とをぐるっと取り囲むように走っている通りだった。それらがある丘を扇の要《おうぎかなめ》とすると、リスボンの主要な場所は開いた扇の中にすべてすっぽりと入ってしまう。そして、ペンションまで案内してくれた若者が、自分の家はあっちだ、と指差した方角がアルファマ地区だということもわかった。彼はアルファマの住人だったのだ。

わかったことのもうひとつは、リスボンは海に面しているわけではないということだった。迂闊《うかつ》なことだったが、大西洋に直接面しているのではなく、テージョ河の河口に広がる都市だったのだ。もちろん、河口といっても湾ほどの規模があるらしいことは地図からも窺《うかが》える。しかし、河は河で海ではなかった。リスボンにあまり潮の香りがしないのが不思議だったが、それも当然のことだったのだ。

私はベンチから腰を上げると、その海、ではなく、河を見るため歩き出した。

ロシオ駅からロシオ広場を経て、アウレア通りに入る。この辺りがリスボンの最も繁華な街らしく、高級な貴金属店などが立ち並んでいる。そこを過ぎると、端正な建物に囲まれたコメルシオ広場に達する。その回廊を歩いて広場を越え、大きな通りを渡ると、そこがもうテージョ河の河岸だった。

しかし、テージョ河はやはり河とは思えないほど広大だった。これではほとんど海である。貨物を積んでいたり、作業用の機材を積んだりした大型の船舶が、右へ左へゆっくりと行き来している。

左手にフェリーの乗り場があり、客の乗り降りの様子が見える。そして、私の佇《たたず》んでいる眼の前には、もう使われなくなったらしい半円形の船着場があった。なだらかな坂になった石の船着場は、小さく打ち寄せる波のような河の水に洗われている。そして、その先端に二本の大理石の石柱が立っていた。それが実用の物だったのか何かのモニュメントなのかはわからなかったが、いかにもリスボンの過去の栄光を象徴しているようでもあった。

あるいは、ここから南蛮船が日本に向かって出港していったのかもしれない。ルイス・フロイスの乗った船もここから出発していったのかもしれないし、あの天正遣欧少年使節の一行もこの船着場に降り立ったかもしれないのだ。きっとあのスペイン語教師も、リスボンに来た折にはここに立ち、似たような感慨を抱いたことだろう。

そこからサン・ジョルジェ城に向かった。

サン・ジョルジェ城は、ムーア人の作った要塞《ようさい》で、のちに十字軍が奪取してからは城として使われていたという。しかし、サン・ジョルジェ城がリスボンの象徴的な場所である理由は、そうした歴史的な経緯によるものではなく、そこからのリスボン市内の眺《なが》めのよさにあるらしい。パンフレットによれば、ここに勝る眺望《ちょうぼう》を得られる場所は他にない、という。

門をくぐり、中に入ると、まず城壁に据《す》えつけられた大砲の砲身が眼につく。そこに向かってなだらかな傾斜の道を歩いていくと、途中で一気に視野が開ける。左手には海のようなテージョ河、右手には赤い瓦《かわら》屋根の海。それは実に鮮やかな対比をなす光景だった。

眺めていると、晴れた空にテージョ河の上にだけ雲がかかり、太陽が遮《さえぎ》られ、水面がサッと暗くなった。しかし、すぐに雲の切れ間から陽光が射《さ》し込んできた。それが一本の光の束となり、テージョ河に浮かぶ一隻《せき》の船の上に降り注ぐと、周囲の水も、天上からの光に照らされ、プラチナの箔《はく》を敷き詰めたように白く輝いた。

テージョ河の輝きがプラチナのような輝きだったとするなら、サン・ジョルジェ城の眼下に広がる赤い瓦屋根の輝きは、市場で売っているオレンジそのものの輝きだった。瓦の屋根が、陽光に照らされ、赤みを帯びたオレンジ色に輝いているのだ。赤い瓦屋根の街並といえば、すでにアンカラでもフィレンツェでも馴染《なじ》みのものだったが、リスボンの瓦屋根はそのどちらとも微妙に違っていた。あるいは、瓦の土の色が違っていたのかもしれないし、作られた年代が違っていたのかもしれないが、何より降り注ぐ太陽の光の量が違っているように思えた。さまざまな点で貧しさを感じさせるこのリスボンで、ほとんどただひとつ豊かだったのは太陽の光の量だった。

私は城壁に腰を下ろした。

気がつくと、少し離れたところに新聞が置きっ放しになっている。誰かがここで読み、捨てていったのだろう。私は手を伸ばし、新聞を手に取った。

それはリスボンで発行されている英字新聞だった。私はパラパラと頁《ページ》を繰っていった。ポルトガルで起きているらしい政治的な変動のニュースも、インドシナ半島で続けられている相変わらずの戦闘のニュースも、ほとんど読む気が起きない。自分でも不思議だが、眼は見出しの上を滑《すべ》るだけだ。

ちょうど、真ん中の頁に差しかかった時だった。私の眼が止まった。

そこには小さな四角に区切られたスペースがいくつも並んでいた。最初は不動産の宣伝かと思ったが、すぐにそれが船の動静欄だということがわかった。リスボン港には依然として世界各国からさまざまな船が出たり入ったりしている。そこにはそうした船の入港日と出港日が告知されていたのだ。

ニューヨーク行きの＊＊＊号は＊月＊日出港する。

＊＊＊丸はマルセーユから＊月＊日入港する……。

その中には、もちろんアジアに向かう船もあった。香港、基隆《キールン》、そしてなんと横浜へ向かう船もあった。さらによく見ると、そのほとんどは貨物船だったが、何隻かは若干の客を乗せる、とも記されている。とりわけ、南アフリカのケープタウンを経由して、ボンベイ、シンガポール、マニラ、神戸、横浜というルートを取って日本に行くらしい一隻は、二百九十ドルで乗せてくれるという。

二百九十ドル！

私にもそのくらいの金ならまだあった。船はいったん乗ってしまえば食事代の心配は要らないはずだった。ということは、二百九十ドル払いさえすれば、横浜まで行けるということになる。それは俄《にわか》には信じられないような話だった。しかし、何度読んでも新聞にそう書いてある。出港は一週間後で、航海には全部で五十一日間かかるという。五十八日後には日本に帰れるのだ。

リスボンから船に乗って日本に帰るという方法は、想像すらしたこともなかっただけに強く惹《ひ》かれるものがあった。しかも、スエズ運河を使わず、南アフリカの喜望峰《きぼうほう》を廻《まわ》っていくとなれば、天正の遣欧少年使節と同じコースで帰ることになる。それはロンドンまでは行かれなくなってしまう無念さを補ってもなお充分にお釣りがくる。

このままその船で帰ってしまおうか……。ロンドンからだって、リスボンからだって、大した違いはないのだから。

私の心は突然揺れ出した。

夜遅く、ロシオ駅裏の石の階段を上り、バイロ・アルトのファド・レストラン街を歩いた。ファド・レストランでファドを聞く金銭的な余裕はなかったから、歌声が流れてくる近所の安食堂で食事をしたいと思ったのだ。

入り組んだ細い道には、ファド・レストランの看板がいくつも出ているが、ギリシャのプラカと同じく、歩いている客もほとんどいなければ、店からファドなど少しも聞こえてこない。バイロ・アルトには、ファド・レストランばかりではなく普通のレストランもあったが、どこに入ったらいいのか見当がつかない。

歩いていると、ようやく一軒のレストランから歌声が流れてきた。ファドは日本の演歌と同じように恋の悲しみや人生の辛《つら》さを歌うものだと聞いていたが、そのレストランから流れてくる女性の低く太い歌声には、日本の演歌歌手とは異なる強さと激しさがあった。私がその前に佇《たたず》んで耳を傾けていると、中から男が出てきて、さあお入りなさいと勧める。私はもう少し聞いていたかったが、いや結構と言って、その場を離れなければならなかった。

似たような道を行ったり来たりしていると、突然、酒場から出てきた男がいる。酔っているらしく、足元がふらついている。危険を感じて、避けて通ろうとしたが、呼び止められてしまった。

「ヘーイ」

外見はポルトガル人に見えるが、呼びかけ方がポルトガル語らしくなかった。一瞬、無視しようかと思いかけたが、もっと厄介《やっかい》なことになりそうで、私は足を止めた。

「何か用ですか」

私が英語で訊《たず》ねると、彼も英語で応じた。

「こんなとこで何してんだ」

「歩いてるだけです」

「何かを探してるのか」

因縁をつけられそうな厭《いや》な予感がして、いや別に、と答えた。

「探してる」

男が確信に満ちた口調で言った。それは因縁をつけるというのとは異なる言い方のようだった。そこで、私はどうしてですかと訊いてみた。

「さっきから何度もここを通っているだろう」

酔っ払いだと思っていたが、しっかり観察されていたらしい。見れば、酒場の窓はガラスで素通しになっていた。私は酔っ払いをあしらうという態度を改め、正直に言ってみることにした。

「レストランを探しているんです」

「ファドを聞きたいのか」

「いえ、ただ安くておいしいものが食べられればいいんです」

「ファドはいいのかい」

私が頷《うなず》くと、彼はどうしてと訊ねてきた。

「さっき外で立ち聞きしました」

すると、男はニヤッと笑って、言った。

「金がないのか」

「ええ」

私は素直に頷いた。

「どんなものが食べたいんだ」

「なんでも」

「安くて、うまければ？」

「ええ」

「オーケー」

男はひとりで合点《がてん》すると、ふらつく足で歩きはじめた。そして、一軒のファド・レストランの前で立ち止まった。

「あの……」

私が慌《あわ》てて呼びかけると、いいから一緒に来いというように、顎《あご》をしゃくって扉《とびら》の中に入っていってしまった。これは新手《あらて》の客引きなのだろうか。私が立ち尽くしていると、男がまた出てきて、今度は来るんだとはっきり命令した。私は緊張したが、特に変わったファド・レストランでもなさそうだった。仮りに新手の客引きだとしても、身ぐるみはがれるようなことはないだろう。肚《はら》を据《す》えて入っていくと、男はマネージャー風の人物と話していた。

レストランの正面の舞台では、ギターと、マンドリンのお化けのような弦楽器のバックで、若い女性歌手が歌っていた。客は三組しかいなかったが、その若い女性歌手の歌声は力の籠《こ》もったものだった。

男はマネージャー風の人物といつまでも話している。そして、その若い女性歌手の長い歌が終わると、また私に向かって顎をしゃくり、出ようぜという仕草をした。この時までには、彼が何をしようとしているのか、何をしてくれようとしているのかはわかっていた。

レストランの外に出ると、男が言った。

「大物はずっとあとから出てくることになっている」

「いや、あれで充分です」

男は金のない私にただでファドを聞かせてくれようとしたのだ。それだけでありがたかった。

そこから角をひとつ曲がったところにレストランがあった。レストランというより食堂という方がふさわしい。内装も殺風景なら、テーブルには紙のクロスすらかかっていない。いかにも、地元の人を相手の大衆食堂という雰囲気《ふんいき》の店だった。

男は親父《おやじ》と言葉を交わすと、私を勝手にテーブルにつかせた。少年がメニューを出してくれたが、ポルトガル語で書かれているためよくわからない。男に説明してもらおうとすると、彼の方から先に訊ねてきた。

「肉か魚か」

私が魚と答えると、メニューを指差し、これはマグロ、これはタラ、これはサケ、と説明してくれた。

「これはイカのことだ」

「フライ？　それとも、ボイル？」

「それではイカのフライを」

男は少年にそれを注文してくれると、ふらふらと立ち上がり、外に出ていってしまった。

大きな皿にどーんと盛られてきたイカのリングのフライ、スペイン風に言えばカラマレス・フリトは量も味も申し分なかった。

私がイカに熱中して取り組んでいると、そこにまたふらふらと男が入ってきた。店の親父は、男のそうした振る舞いを迷惑に感じていないこともなさそうだったが、面と向かっては文句を言えないようだった。

どうだと男は訊ね、おいしいと私は答えた。

「お前は日本人か」

「そうだ」

「旅行者か」

「そうだ」

「学生か」

「いや」

「両方ある」

「仕事は何なんだ」

バルセロナで会った男の子に対してのように、臨時の画家になるわけにはいきそうもない。しかし、ライターと答えるのも気が引けた。とにかく、一年近くも仕事をしていないのだ。

「ナーダ」

私はスペイン語でそう答え、あなたは、と訊き返した。

「俺《おれ》か？」

男はただ笑うだけだったが、しばらくすると上着を脱ぎはじめた。何をするつもりかと見守っていると、いきなりシャツの左の袖《そで》をまくり上げ、その腕を私の眼の前に突き出した。

そこには、上腕部から手首のすぐ上まで、鋭い刃物で切り裂かれたような痕《あと》があった。三十センチに達しようかというそのケロイド状の傷痕は、縫合したあとがまったくなかった。これが仕事だという。私には、いずれにしてもまともな稼業《かぎょう》ではあるまい、という以上のことはわからなかった。

「ビールを呑《の》まないか」

袖を下ろしながら男が言った。そういえば、料理を食べるのに一生懸命で酒のことを考えるのを忘れていた。イカのリング揚げにはビールこそがふさわしかった。男は、私が、ええ、と返事をする前に少年に注文していた。

「セルベージャ」

ビールは、スペインならセルベッサだが、ポルトガルではセルベージャとなるらしい。少年はすぐにそのセルベージャの小瓶《こびん》を持ってきてくれた。ラベルに「SAGRES」とある。

「サ、グ、レ、ス」

私がそれを読みながら口に出して発音すると、男は頷いて言った。

「そう、サグレス」

サグレスとはどんな意味なのか。私は単に話の継《つ》ぎ穂《ほ》にというくらいの気持で訊ねた。

「土地の名さ」

「サグレスという土地？」

「岬《みさき》がある」

「それはどこですか」

私は興味を覚えて訊ねた。男はテーブルの周囲を見廻した。書くものを探しているらしい。少年に言いつけ、注文取りに使うザラ紙とボールペンを持ってこさせた。そこにイベリア半島の概略図を描くと、ボールペンの先で突いた。

「ここさ」

印がついたのは、ポルトガルの、というより、イベリア半島の西南の端の地点だった。

「ここがサグレスだ」

私はユーラシアの果てはリスボンだと思い込んでいた。しかし、ポルトガルには、当然のことながら、リスボンよりはるかに果ての土地があったのだ。男が描いてくれた地図によれば、サグレスはポルトガルの果てであり、イベリア半島の果てであり、だからユーラシア大陸の一方の果てだった。

「サグレスというのはどんなところですか」

「行ったことはないが、きっと何もないところさ」

それはますます心惹かれる土地だ。ユーラシアの果ての、ビールと同じ名前を持つ岬。サグレス。音の響きも悪くない。

ビールを呑み終え、勘定を払って出ることにしたが、その勘定書にビールの代金はついていなかった。男はこの土地の地廻りのような存在なのだろうか。俺はいつでもこの辺りで呑んでいる。会いたければいつでも来い。そうも言っていた。

別れ際《ぎわ》に、名前を訊《き》くと、男は、

「ナーダ」

と答えてニヤッと笑った。


次の日もサン・ジョルジェ城に登った。

今度は、アルファマから歩いていった。

アルファマは、迷路のような細い路地に、倒れそうな建物が密集している。洗濯物《せんたくもの》が干された窓からは、女たちの顔がのぞいている。だが、その顔にはよそ者に対する険しいものがない。日中だったせいか、子供たちより老人たちの姿を多く見かけた。

ひとりの老人がワインの空瓶《あきびん》を手に歩いている。つけるというようなつもりもなく後ろから歩いていくと、酒屋らしい店に入る。そして、しばらくして出てきた彼の手のボトルには、三分の一ほどの赤ワインが詰められていた。ここでは、ワインの量《はか》り売りがあるのだ。それも考えてみれば当然のことだった。日本でも、つい最近までは酒の量り売りをしない酒屋などなかったのだから。その老人は家に戻る間も惜しいらしく、立ち止まってはボトルに口をつける。それが実においしそうだった。

私は店先で魚と肉の網焼きをしている食堂に入り、昼食に牛肉の網焼きと赤のワインを貰《もら》った。

食べ終わり、ほろっとした気分で、サン・ジョルジェ城に向かう坂を登っていった。

リスボンは心地よい街だった。ヨーロッパ有数の都会であるにもかかわらず、どんな場所にも人の温《ぬく》もりが感じられた。ポルトガルという、かつて歴史的に絶頂の時代を迎えたことのある国の、しかも歴史的に大きな役目を果たした首都であるにもかかわらず、リスボンはきらびやかさとは無縁の街だった。インフレが進み、物価はヨーロッパ一といわれた安さではなくなっているが、まだいくらかスペインより安く感じられる。気候もマドリードよりかなり暖かい。陽気で明けっぴろげというわけではないが、人々は穏やかでギスギスしたところがない。それは裏を返せば活気がないということでもあるのだろうが、旅人に過度の緊張を強《し》いないところがありがたかった。

テージョ河もサン・ジョルジェ城も気に入った。バイロ・アルトもアルファマも魅力的な街だ。しかし、やはりここが最後の土地だとは思えないのだ。リスボンから船に乗るというのにも未練は残るが、これで旅を切り上げるわけにはいかないような気がする。

私は前日と同じように城壁に腰を下ろし、マドリードのツーリスト・インフォメーションで貰ったイベリア半島の地図を広げた。それにはスペインだけでなく隣国のポルトガルもおまけのように載っている。サグレスを探すと、ラゴスという町のすぐ傍《そば》にあった。

いや、それはすでに昨夜のうちに確かめてあった。バイロ・アルトで手に長い痕のある男と別れると、急いでペンションに戻ってこの地図で調べたのだ。サグレスはまさに果ての果てにあった。この日サン・ジョルジェ城に登って地図を広げたのは、サグレスへの勢いをつけるための一種の儀式のようなものだった。

確かにリスボンから船に乗って帰ることはできる。リスボンでもロンドンでも大して変わらない。しかし、やはり、同じではないのだ。それに、私はこのリスボンが最後の地になることに納得していない。ここではないのだ。

私は立ち上がり、船の動静欄が出ている新聞を丸めて屑籠《くずかご》に捨てた。

〈船に乗るのは止《や》めだ！〉

サグレスへ行こう。そこが私の探している「ここ」かどうかはわからないが、とにかく行ってみることにしよう。

5

朝、八時五十分発のラゴス行きのバスに乗った。

前日、リベルダーデ大通りのツーリスト・インフォメーションで確かめたところ、朝のうちにリスボンを出れば昼過ぎにはラゴスに着くだろうということだった。もしその通りなら、せいぜい五、六時間の旅ということになる。だが、とてもそんな時間では着かなかった。

ポルトガルのアフリカに面した海岸線は、スペインのコスタ・デル・ソルに負けないほど観光客を集めているという。夏だけでなく、一年中を通してのことだともいう。しかし、そうは言っても、やはり盛りのシーズンは夏であるらしく、このクリスマス前という季節に、しかもその中心地であるファロではなくてラゴスへ、さらに酔狂にもバスで行こうという観光客などひとりもいなかった。

ツーリスト・インフォメーションによれば、リスボンからラゴスまで快速バスが運行されているということだったが、実際にバス・ターミナルで訊いてみると、それは十月までとのことだった。この季節は各駅停車の鈍行バスしかないらしい。そして、私が乗ったラゴス行きのバスは、嘘《うそ》いつわりのない純正完璧《かんぺき》な各駅停車だった。停留所ともいえない素朴《そぼく》な停留所で、ひとり降ろしてはまたひとり乗せるという具合なのだ。

車窓から見える家々も、乗ってくる客たちの服装も、南に下っていくにつれて、しだいに粗末なものになっていく。畑で働いていたり、道を歩いている農夫たちの顔には、ヨーロッパに入って以来あまり見かけなかったような深い皺《しわ》が刻《きざ》まれている。

やがて、陽差《ひざ》しが強くなり、田園風景に微妙な変化が現れる。青い空の下に赤い瓦《かわら》屋根と白壁の家が建っているのは同じだが、赤い土の上には緑のオリーブだけでなく黄色いオレンジの実も見られるようになるのだ。

いったいいくつのバス・ストップに停《と》まったことだろう。百ではきかない。百五十？　いや、もっとだったような気がする。その上、ちょっとした町に着くたびに大休止があるのだから、とても五、六時間で着くはずがなかった。

夕方になり、西の空を見ると、渡り鳥が美しい隊列を作って飛んでいく。そのあとをだいぶ遅れた一羽がバタバタと不器用に羽を動かして追いかけている。あれで仲間に追いつけるのだろうか。そう思った時、なぜか自分がユーラシアの果てに向かっていることを強く実感した。

バスは日が暮れ切る直前にようやくラゴスに着いた。

サグレス行きのバスは一時間後だというので、市場を探して食料を買った。パンとハムと魚の空揚《からあ》げに、ビールを一本追加した。

しかし、私はそれをいったいどうするつもりだったのだろう。岬で食べようと思っていたのだろうか。そうだ、大西洋の荒波が打ち寄せているだろうサグレスの岬で、それと同じ名前を持ったビールを呑みながらひとり食事をする。多分、そんなことを夢想していたに違いない。だが、よく考えてみれば、これから一時間後に出るバスに乗って、陽のあるうちに岬に着けるはずはなかった。

サグレスについてはまったく知識を持っていなかった。とにかく行けば何とかなるだろう、といつものように考えていただけなのだ。バスの終点から岬まではどのように行ったらいいのか。どのくらいの距離なのか。そもそも、日が暮れても行けるものなのか。そんなことを少しも考えずに、サグレスの岬でサグレスという名のビールを呑むのだという、形ばかりのイメージにとらわれていた。

その浅薄《せんぱく》さのしっぺ返しはすぐに受けることになった。

私の持っているイベリア半島全体が出ているような地図だと、ラゴスからサグレスまではバスでさえ一駅くらいの距離に見える。しかし、実際はバスに乗って二十分たっても三十分たってもサグレスに着かなかった。

外はすでに真っ暗だが、人家の灯《あか》りは遠くにポツポツと見えるだけだ。ラゴスから乗った学校帰りの少年少女たちも次々と降りていき、最後には乗客は私を含めて三人しかいなくなっていた。

バスは一時間半後にようやくサグレスに到着した。

そこはただの空地のようだった。近くに商店らしい家が一軒あったが、閉め切っているため周辺の暗さは変わらない。これではとうてい岬に行くなどということはできそうもない。ましてや、食事をするなど考えられもしない。それより、大事なのは、これからどうするかということだ。このサグレスに泊まるか、ラゴスに引き返すか。ラゴスでこのバスに乗る時、これがラゴスへ戻る最終の便だと聞かされていた。帰るなら、これに乗って帰るより仕方がない。しかし、それでは何のためにここまで来たかわからなくなる。サグレスにだって、安ペンションのひとつやふたつないこともないだろう。

そこで、バスの運転手に相談すると、安いペンションはシーズン・オフでどこも休業中だという。冬でも開いているのはポウザーダと呼ばれる国営の高級ホテルくらいだろうという。しかも、一泊三百エスクドから四百エスクドはするらしい。日本円で三千円から四千円というわけだ。それでは諦《あきら》めざるをえない。いったんラゴスに引き返し、明日の朝もういちど出直すことにしようか。

思い迷っていると、私のことを心配して運転手とのやりとりに耳を傾けてくれていた客のひとりが、ここから一キロくらい離れたところに安いペンションがあるはずだと言い出した。話を聞くと、どうやらそれはユース・ホステルのようである。ありがたい、一キロ程度なら何ほどのこともない。私は礼を言うと、喜び勇んで教えられた方角へ歩き出した。

それは野原の一本道だった。もちろん街灯などついているはずもなく、周囲は真っ暗なままである。星の明かりを頼りにそろそろと歩いていくより仕方がない。

不意に遠くで犬の吠《ほ》え声が聞こえた。この野原のどこかに野犬がいるらしい。私に向かって吠えているのではないようだが、もしそれが凶暴な犬だったらどうしよう。襲われても助けを呼ぶわけにはいかない。とにかく、四方に人気《ひとけ》というものがないのだ。私は急に心細くなってきた。

やがて、視野から人工的な灯りがいっさい消えた。見えるのは、頭上百八十度に広がっている夜空からの星の光だけだ。しかし、そうなると逆に肚《はら》が据《す》わってきた。野犬が襲ってきたら、それはその時のことだ。岬で食べようと思って買っておいたハムでも投げ与えてみよう。

それにしても、これほど星空というものが壮絶なものだとは知らなかった。立ち止まり、見上げると、身悶《みもだ》えするかのように激しく瞬《またた》いている星の光が、澄んだ大気を通して突き刺されとばかりに降り注いでくる。

耳を澄ますと、かすかに波の音が聞こえてくる。どうやら海に向かって歩いているらしい。

さらに歩いていくと、遠くにうっすらと白いものが見えてきた。壁、のようだった。城壁なのかもしれない。

だが、歩いても、歩いても、その壁に近づいていかない。私は蜃気楼《しんきろう》でも見ているのだろうか。太陽の光の中で見る蜃気楼を、星の光の下で見ているのだろうか。

そのうちに徒労感に襲われてきた。こんなに歩いても辿《たど》り着かないのはどういうことだ。それにどう考えても、あの壁の向こうにユース・ホステルがあるようには思えない。いや、あの壁が本当に建っているのかどうかも怪しいものだ。歩いているうちに突然壁が消え、気がつくと崖《がけ》から真っ逆さまに海に落ちていた、などということになりかねないのではないか。

しかし、なおも歩いていくと、二、三十メートル先で、一頭の犬がこちらを向いて立っているのに気がついた。暗くて色はわからないが、私の体の半分はあろうかという大きな犬だ。

私は立ちすくんでしまった。そこを通っていかなければ目的地に辿り着けないことは明らかだったし、その犬だって必ずしも野犬と限ったわけでもなかった。しかし、さすがにその犬の横を通っていく勇気はなかった。私は犬と視線を合わさないようにして、ゆっくり廻《まわ》れ右をした。もし襲いかかってきたら、かねて準備のハムを投げ与えようと身構えながら、何げなさそうなふりをしつつ、もと来た道を戻っていった。

もちろん、背中に全神経を集めていた。きっとその神経は、服を突き破り、ザックの背にへばりついていたのではないだろうか。だが、十メートル歩いても、二十メートル過ぎても襲いかかってくる気配はない。百メートルほど離れた時には、全身が気持悪い汗でびっしょり濡《ぬ》れていた。

ようやくさっきの停留所まで戻ってきたが、五分後に折り返し運転することになっていたバスの姿はもちろんなかった。これでラゴスに引き返すこともできなくなった。野宿をするより仕方がないのかもしれない。幸い食料はあるし、寝袋もある。野犬に悪さをされなければどこでも寝られる。

どこにしようかと眺《なが》め渡したが、暗くて手頃《てごろ》な場所の見当がつかない。

私は意を決して、近くにある商店らしい家をノックした。扉《とびら》の隙間《すきま》から、微《かす》かに灯りが洩《も》れてくるところを見ると、誰かいることは間違いない。二度、三度とノックし、ようやく奥から出てきた男性に、この近くに泊まれるような場所はないか、と大きなジェスチャー入りのスペイン語で訊《たず》ねた。例のスペイン語教師に、ポルトガル人はかなりの割合でスペイン語を理解すると聞かされていたからだ。すると、私のスペイン語を、というよりジェスチャーを解したらしく、あそこに行ってみなさいという身振りをする。それは野宿の場所でなく、ペンションだった。たぶんあそこも閉まっているだろうが念のため行ってみるがいい、と指差してくれたのだ。私は礼を言い、無駄《むだ》を覚悟で行ってみた。もし駄目だったら庭先でも借りればいいのだ。

確かに、坂を下りかかった右手に、ペンションらしき建物があった。

ベルを押すと、しばらくして三十半ばと思われる長身の男性が出てきた。髪をオール・バックにし、顎鬚《あごひげ》を生《は》やしている。鬚はよく手入れされており、真っ白なワイシャツによく似合っていた。

「部屋はありますか」

私が下手なスペイン語で訊ねると、長身の男性は流暢《りゅうちょう》な英語で答えた。

「部屋はあります。しかし……」

この季節はクローズしているのだと言う。だが、その態度に頭ごなしの否定の態度が見られなかったことに勇気を得て、サグレスに泊まりたいのだが宿が見つからないのだと事情を説明した。彼は私がバスで来たのがわかったらしく、どうしたものか困っているようだった。ここで追い返してしまえば、私が途方に暮れるのは明らかだったからだ。

「どこから来たのですか」

彼に訊ねられ、リスボンと答えかかって、そうだと思い返した。

「日本から」

すると彼の表情に驚きが浮かんだ。そして、とにかく中にお入りなさい、と言ってくれた。

しかし、建物の中に一歩足を踏み入れた瞬間、これは失敗したかなと思った。内部の調度《ちょうど》が素晴らしすぎたのだ。広くはないが落ち着いた空間があり、そこに趣味のよい家具が並べられていた。仮りに泊めてくれるということになっても、その宿泊代は私が気安く払えるような額とは思えなかった。

彼に案内されて二階に上がると、そこでは品のいい老婦人が安楽椅子《いす》に坐《すわ》ってひとりでテレビを見ていた。どうやら彼の母親らしい。老婦人は私にいちど優しく微笑《ほほえ》んでから、鬚の息子がポルトガル語で何か言うのに耳を傾けた。泊めるかどうかの相談をしているようだった。二人には申し訳なかったが、なんとか断ってくれないものかと見ていると、老婦人が「いいじゃない」というようにあっさりと頷《うなず》いてしまった。

鬚の息子が私の方に向き直って言った。

「どうぞ、お泊まりください」

これはまずいことになった。

「クワント？」

一泊いくらでしょうか。私が恐る恐る訊ねると、老婦人がやはり鬚の息子と同じように上手な英語で訊き返してきた。

「バス付きの部屋にしますか？」

「いえ」

私は慌《あわ》てて否定した。こんな立派なペンションでバス付きの部屋に泊まったらいくら取られるかわからない。もう、すでに泊まるつもりはなく、野宿する覚悟を固めていたが、つい習性で心配してしまったのだ。

「そう、でも十エスクドしか違わないのよ」

百円しか違わないという。どうして、そんなことになるのだろう。

「バス付きの部屋になさい」

老婦人に重ねて言われ、私はしどろもどろになってしまった。

「ええ……でも……いくらかということが……」

「九十エスクド」

私は耳を疑った。九十エスクドといえば九百円にすぎない。リスボンのペンションですら、百エスクドしたのだ。

「オンリー・ナインティ？」

本当に九十エスクドぽっきりでいいんですか、と私は確かめた。

「イエス、オンリー・ナインティ」

老婦人はまた微笑《ほほえ》みながら言った。どういうことなのだろう。何かその部屋に事情でもあるのだろうか。

部屋を見せてくれますかと頼むと、「もちろん」と言って鬚の息子が案内してくれた。

そこは広いツインの部屋だった。黒を基調とした色で整えられた空間に、レースのベッド・カヴァーに覆《おお》われたベッドが二つ並んでいる。だがバスがない。不思議に思っていると、息子が右手の扉を開けてくれた。そこには、真っ白に磨《みが》きあげられたバスタブがついた、ゆったりとしたスペースのバスルームがあった。

それにしても、こんな部屋が本当に九百円で泊まれるのだろうか。どうしてこんなに安いのだろう。鬚の息子に訊ねると、彼は笑って言った。

「あなたのための特別料金ですよ」

「どうして、ですか」

訊ねたが、彼は笑って答えなかった。

その夜、私はラゴスの市場で買った食料を、多少生ぬるくはあったがサグレスという名のビールと共に平らげると、バスタブになみなみと湯を張り、ゆっくりと風呂《ふろ》に浸《つ》かることができたのだった。

糊《のり》のきいた真っ白なシーツにくるまりながら、私は久しぶりに幸せな気分になっていた。

私の寝顔を誰かが見たら、何を笑っているのだろうと気味悪く思うかもしれないな。そんなことを頭の片隅《かたすみ》に残しながら、いつの間にか深い眠りに入っていった。

6

だが、そのペンションに泊まっての本当の幸せは、翌朝になってみなければわからないことだった。

朝、私は窓からうっすらと洩《も》れ入ってくる光で眼《め》が覚めた。時計を見ると八時だ。起きるにはちょうどいい頃《ころ》かもしれない。

毛布をはねのけ、ベッドから跳び起きた私は、カーテンを引き開け、ガラス戸の留め金をはずし、木の鎧戸《よろいど》を開け放って、驚いた。

窓の真下に青い海があり、水平線上には今まさに昇ろうとする太陽が輝いていたのだ。このペンションは、いやホテルは、海辺の斜面に建てられており、しかもここは、海を望む最上の部屋だったのだ。眼の前には大西洋が迫り、ということは、その遥《はる》か彼方《かなた》にはアフリカ大陸があるはずだった。

シャワーを浴びて階下に降りると、年配のメイドが海に面したテラスに案内してくれた。

そこはガラスで覆われたサンルームになっており、明るく暖かい光に満ちあふれている。ひとりでぼんやり朝日が昇るのを見ていると、しばらくしてメイドが朝食を運んできてくれた。パンとジャムとバターにコーヒー。これ以上簡単な朝食はなかったが、私にはこれ以上豪華な朝食もまたないように思えた。

　コーヒーを飲んでいると、鬚の息子がやってきた。

「よく眠れましたか？」

「快適でした」

　そう答えてから、彼に昨夜のことを訊ねてみた。私が行こうとしたところはどこだったのか。そこに本当にユース・ホステルなどあったのだろうか。すると、そこは大航海時代の要塞《ようさい》があったところだが、今はユース・ホステルやツーリスト・インフォメーションになっているという答えが返ってきた。あの白い壁は、夜の蜃気楼などではなく、中世の要塞だったのだ。

「あの要塞の中には、エンリケ王子が創立した航海学校があったんです」

　鬚の息子が言った。エンリケ王子というのは、大航海時代の先頭に立って海のルートを切り拓《ひら》いた、ポルトガルの国民的な英雄であるという。そのエンリケ王子が、このサグレスの岬《みさき》に居を構え、天文学者や地理学者や航海術の専門家を集めて航海学校を開いたのだという。その後ヴァスコ・ダ・ガマらがインド航路を見つけることができたのも、すべてはエンリケ王子の先駆的な業績があったればこそだと、これは多少地元民の過剰な贔屓《ひいき》の口調を交えながら説明してくれた。いずれにしても、エンリケという王子が傑出した先見性を持っていたことは間違いないようだ。

「リスボンで〈発見のモニュメント〉を見ましたか」

それはテージョ河沿いの広場に建っている帆船をかたどった塔のことだろう。見たと言うと、その舳先《へさき》に立っているのがエンリケ王子なのだという。そう言われれば、船に乗っている群像の中にひとり別格の扱いを受けていた人物がいたような気がする。

それにしても、そのエンリケという王子は王子のままでついに王にはならなかったのだろうか。訊ねると、鬚の息子は我がことのように残念そうな口調で答えた。

「四十五歳で亡《な》くなるまで王子のままでした。それに……」

「それに？」

「それに、独身でもありました」

そこには微《かす》かだが我がことになぞらえるような響きも含まれていた。独身でもありました、という「も」の中に、彼もまた自分と同じく独身でした、というニュアンスが籠《こ》められているように感じられたのだ。

朝食後、私は昨夜とうとう辿り着けなかった要塞に向かった。殺伐《さつばつ》とした野原に要塞に続く一本道がある。そこを歩いて行くと、今日は犬ではなく、驢馬《ろば》を引いた老人に出会った。

「ボン・ディーア！」

こんにちは、とポルトガル語で挨拶《あいさつ》してみる。さっき鬚の息子から教えてもらっておいたのだ。

「＊＊＊！」

老人も何か言ってくれるがこちらにはわからない。でも、それで少しも構わない。顔が笑っているのがわかるからだ。

要塞の門をくぐると、航海学校に使われていたと思われる建物があり、白い円屋根の礼拝堂のようなものもある。それと、海際《うみぎわ》の壁にはサン・ジョルジェ城にもあった古い大砲の砲身が据《す》えつけられている。

私は打ち寄せる波の音を聞きながら、断崖《だんがい》の縁《ふち》を歩いた。

崖《がけ》から覗《のぞ》き込むと、海水は底の底まで見透せそうなほど澄んでいる。崖に打ち寄せる波もさほど激しいものではない。

私はぼんやり時を過ごすうちに、不思議な感情にとらわれるようになった。言葉にすれば、ここには以前来たことがあるのではないだろうか、という思いだ。

もちろん、そんなことはない。あるはずがない。サグレスという名前を知ったのもほんの三日前のことに過ぎないのだ。だが、時間がたつにつれて、かつて私はここにこうして立っていたことがある、という思いはますます強く、確固としたものになっていく。なぜだか理由はわからない。わかっていることは、それが私の内部の深いところから湧《わ》いてくる感情だということだ。

まるで、私の体内に古い祖先の記憶が埋め込まれているかのように、記憶が甦《よみがえ》ってくる。この崖、この海、この空、この音……。間違いなく、いつの日か、私はこの崖に立ち、このように海を眺めていたことがある……。

要塞に戻り、ぐるりとひと廻りすると、ツーリスト・インフォメーションらしい小さなオフィスがある。覗くと、私を泊めてくれたホテルの老婦人がひとりで机に向かっていた。なるほど、だから上手な英語を話したのだ。だから息子は困っている私を助けてくれたのだ。なるほど、なるほど。

「ボン・ディーア！」

外から声を掛けると、顔を上げた老婦人がにっこり笑って挨拶を返してくれた。

「コモ・エスタ・ウ・セニョール？」

御機嫌《ごきげん》いかが、と。

「ムイ・ビエン！」

あっ、スペイン語になってしまった。でも、本当に気分は最高だったのだ。

午後は、要塞とは反対側にある、サン・ビセンテと名づけられた岬に行った。一時間ほど歩くと、灯台がぽつんと建っているだけの崖に着く。そこがユーラシア大陸の果ての岬だった。

一艘《そう》、漁船が海に漂うように浮かんでいる。陽《ひ》が傾き、海が輝きはじめる。テージョ河の水はプラチナのように輝いていたが、サグレスの海は細かな金箔《きんぱく》を敷き詰めたように黄金色に輝いていた。

ふと、私はここに来るために長い旅を続けてきたのではないだろうか、と思った。いくつもの偶然が私をここに連れてきてくれた。その偶然を神などという言葉で置き換える必要はない。それは、風であり、水であり、光であり、そう、バスなのだ。私は乗合いバスに揺られてここまで来た。乗合いバスがここまで連れてきてくれたのだ……。

私はそのゴツゴツした岩の上に寝そべり、いつまでも崖に打ち寄せる大西洋の波の音を聞いていた。

夕食もホテルで食べることにした。

私というたったひとりの客のためにサーヴしてくれるらしい鬚の息子が、ディナーのコースをゆっくりと説明してくれる。それを聞いて、私はワインを一本奮発することにした。銘柄《めいがら》を訊ねられ、選んでくださいと頼んだ。ハウス・ワインを、と言わなかったのは、この晩餐《ばんさん》くらい豪華にしてもいいように思ったからだ。それに、私の状況をわかっていてくれているはずの彼が、不当に高いワインを持ってくるはずがないという安心感もあった。

彼が持ってきてくれたのは、この地方で作られる赤ワインだということだった。

「この一帯をアルガルベといいます」

ラベルを見せてもらうと、確かにアルガルベとある。試飲しても私などに味がわかるはずもないが、鬚の息子に勧められるままに口に含んだ。軽く、柔らかかった。

「おいしい」

私が言うと、グラスにアルガルベを注《つ》ぎ、楽しんでくださいと言ってさがっていった。

すべてを満足して食べ終わると、鬚の息子がコーヒーにするか紅茶にするかと訊ねてきた。紅茶を選ぶと、それはいい、と言った。なぜ、と訊ねると、うちの紅茶はおいしいのです、と答えた。なぜ、と私は重ねて訊ねた。

「うちは、特に、レストランと紅茶の家、と断り書きをしているくらいで、紅茶に関してはおいしいものを使っているんですよ」

彼はそう言いながら、ホテルの名前と住所の入ったカードを持ってきてくれた。

私はそれを見て、最初は驚き、次には大声で笑いたくなるほどおかしくなった。そこには、名前の下に、こうあったのだ。

RESTAURANTE E CASA DE CHÁ

確かに、これがポルトガル語で「レストランと紅茶の家」を意味する言葉なのだろう。だが、私の眼に跳び込んできたのは、この五つのポルトガル語の中の紅茶という単語だった。

「これが紅茶というポルトガル語ですか」

私が「CHÁ」という単語を指差して訊ねると、鬚の息子はそうだと頷いた。

何ということだろう。私は、あのイスタンブールのハナモチ氏が言っていた通り、ユーラシアの果ての国から出発して、アジアからヨーロッパへ、仏教、イスラム教の国からキリスト教の国へ、チャイ、チャといった「C」の茶の国からティー、テといった「T」の茶の国に入ったものとばかり思っていた。事実、ギリシャも、イタリアも、フランスも、スペインもすべて「T」の茶の国だった。ところが、そこを通り過ぎ、ユーラシアのもう一方の端の国まで来てみると、茶はふたたび「C」で始まる単語になっていたのだ。

ポルトガルでは、CHÁはチャではなくシャと発音するということだったが、「C」の仲間であることに変わりはなかった。

私は鬚の息子が入れてくれた香り高い紅茶を飲みながら、これはあの懐《なつ》かしい「C」の紅茶なのだと、笑いたくなるのをこらえながら思っていた。私は、「C」より出《い》でて、今ふたたび「C」に到ったのだ……。

翌日、朝の光の降りそそぐテラスで食事をとりながら、これで終わりにしようかな、と思った。

第十八章　飛光よ、飛光よ　終結

1

パリのホテルの一階の狭い食堂で、コンチネンタル・ブレックファーストを食べた。出てくるのは、カフェ・オーレとパンとバターとジャム。しかし、パンは三種類あって、クロワッサンと、バゲットを手頃《てごろ》な大きさに切ったものと、丸くて堅いアンパン型のパンが籠《かご》に入っている。私はホテル代に含まれているその朝食を盛大に食べた。とにかく、今日は長い旅になるのだ。

その日、私が泊まっていたのはオデオン座の横にある小ぢんまりとしたホテルだった。静かな上に、サン・ミシェルにもサン・ジェルマン・デ・プレにも近く、窓からはリュクサンブール公園が見える。宿泊料は、私には少し高かったが、二泊だけだったので眼《め》をつぶることにした。

それまでは、シャンゼリゼ大通りからそう遠くないところにあるアパートメントの小部屋を借りていた。本来の借り主からただ同然の金額で使わせてもらっていたのだ。その部屋は古い建物の五階にあった。屋根裏部屋ではあったが、窓からエッフェル塔のてっぺんが見えるのが気に入っていた。私の気持のどこかには、ロンドンへはそこから出発したいという思いがあったが、本来の借り主に部屋の鍵《かぎ》を返しておかなければならなかったので三日前にホテルに移った。

そう、私はパリで何週間もぶらぶらしたあとで、いよいよロンドンに出発することにしたのだ。

朝食を食べ終わると、フロントで宿泊料を払い、ザックを担《かつ》いでホテルを出た。

年が明け、一月に入ってからのパリはさすがに寒くなっていたが、それでも、今朝のように寒い朝は初めてだった。吐く息が面白いほど真っ白になる。

ホテルから地下鉄のオデオンまでの道は、シャンゼリゼの屋根裏部屋にいる時から、馴染《なじ》みの道だった。食事をするにも、映画を見るにも、ただ歩くにも、毎晩、必ずといってよいほどこの辺りに来ていたからだ。

私はオデオンから地下鉄に乗って、ヴィレットにあるバス・ターミナルに行こうとしていた。そこからロンドン行きのバスが出ることになっていたのだ。初めてのターミナルだったため少し道に迷ったが、私には珍しく時間に余裕を持って行ったので発車の三十分前には着くことができた。

待合室で待っていると、十五分前に運転手がやってきて、前の通りに横づけにされているバスのドアを開けた。席は好きなところに坐《すわ》ってくれという。私はいつもの気に入りの右奥の席に坐り、発車までの時間をぼんやり過ごしていた。

気がつくと、窓の外では一組の若い男女が別れを惜しんでいる。ロンドン行きのこのバスに乗るのはイギリス人の女の子で、それを見送りに来ているのがフランス人の男の子という構図らしい。抱き合い、顔を寄せ合い、囁《ささや》き合っている。寒いのか、男の子は細かく足踏みしている。

席は三分の二ほどしか埋まっていなかったが、午前八時になると運転手はバスを出発させた。窓の外に立っている男の子は、大きなジェスチャーで女の子に盛んに話しかけている。次の休みには、必ず行くからね。私にはそう言っているように見える。女の子は心配そうに頷《うなず》きながら小さく手を振っている。しかし、すぐに男の子の姿は見えなくなった。

時間が時間だったせいだろう、反対車線はパリの市内に向かう車の洪水《こうずい》だった。まだ薄暗いためライトをつけた車がノロノロと走っている。

やがて、その列が途切れると、バスは郊外を走ることになる。工場地帯から田園地帯に入っていくのが意外に早い。そして、あとはもうどこまでも手入れの行き届いた農地が続く。しばらく行くと、辺りが真っ白になっている。昨夜のうちに雪でも降ったのだろうか。だが、よく見ると、それは霜だった。霜は、路肩にも、畑にも、家の屋根にも厚く降りていた。

まさに冬だった。木立《こだち》も枯れ、葉がすっかり落ちている。裸になった枝には、何の鳥だろう、まったく同じ色の小枝で巣をこしらえていたりする。

いちど食堂で休憩し、ひとつの町に寄って客を乗せると、バスはもう停《と》まらなかった。


ポルトガルの果ての岬《みさき》のサグレスには、三日滞在しただけでパリに向かった。もっと長く居たいという気持は強かったが、もしここでぐずぐずしているとまた考えが変わってしまうかもしれないとも思った。私はようやく摑《つか》まえた旅の終わりの汐《しお》どきを失うのを恐れたのだ。

しかし、ラゴスからファロ、ファロからヴィラ・レアル、そしてポルトガルの国境でフェリーに乗ってスペインのアヤモンテに渡り、さらにアヤモンテからウェルバ、ウェルバからセビーリャ、セビーリャからマラガ、マラガからコルドバとバスを乗り継いでいるうちに、ふたたび旅を楽しみはじめている自分に気がついた。だから、トレドを経由してマドリードに舞い戻った私は、そこからすぐにパリ行きの長距離バスに乗ったのだ。

一昼夜走りつづけて、バスは午後のパリに着いた。

私はとりあえずカルチェ・ラタンに向かった。ソルボンヌ付近に安宿があるというのは、誰に聞いたということもなく頭に入っていた。

そこで、地下鉄に乗ってサン・ミシェルまで行き、ソルボンヌ周辺の安ホテルを当たってみた。しかし、どんなに安いホテルでもシングルで二千円はしてしまう。一泊ならそれでもよかったが、自分でもどれくらい滞在することになるかわかっていなかった。サグレスからパリまでは一気に走り抜けてきたものの、ロンドンへ行くのはもう少しあとにしたいという気持がないでもなかったからだ。長く滞在するなら、せめて千五百円くらいに抑えたい。だが、パリでは無理な注文らしく、なかなか手頃なホテルが見つからない。この調子ではすぐにロンドンへ行くより仕方がないかな、と諦《あきら》めかけた。

あとから考えてみると、そのとき私はホテルからホテルへと渡り歩き、知らないうちにソルボンヌからオデオンへ、さらにサン・ジェルマン・デ・プレへと歩いてきていたものらしい。

ちょうどその時である。向こうから私と同じような年頃の東洋人の若者がバッグを肩に歩いてきた。その雰囲気《ふんいき》から、旅行者ではなく、パリに住んでいる学生のように見えた。それもたぶん日本人と思える。マドリードでもそうだったが、相手が日本人とわかると眼《め》をそらす人が多かった。それを醜いものと感じていたので、私はすれ違う時に軽く挨拶《あいさつ》をした。

「こんにちは」

すると相手も気持よく挨拶を返してくれた。

「こんにちは」

何歩か行き過ぎて、私は振り向いた。

「あの……」

「何ですか」

相手は少し警戒する風もあったが、私はこの辺に安いホテルはないだろうかと訊《たず》ねた。

「ホテルを探してるんですか？」

私は正直にこちらの状況を話した。すると、それを聞いていた相手の若者が言った。

「それは偶然でしたね」

どういう意味なのだろう。訊《き》き返そうとすると、彼が言った。

「とりあえず、そこに入りませんか」

彼が指差した方向にはガラス張りのカフェがあった。

「どういうことですか？」

中に入り、コーヒーを注文してから、私は彼に訊ねた。

「安いホテルは知らないけど、部屋ならないこともなくて……」

ますます意味がわからない。私が黙っていると、実は、と彼が説明してくれた。

彼はこの近くに部屋を借りている。そこはとても快適な部屋だが、建物自体の修復とかで一月二十日までに出ていかなくてはならなくなってしまった。そこで、部屋を探しているのだが、なかなかいいものが見つからない。ところが、つい最近、狭いが便利という部屋が見つかった。本格的に住む部屋はじっくり探すとして、しばらくそこで暮らすことにした。必要なのは一月二十日以降だから家賃は無駄《むだ》になるが、そのとき慌《あわ》てるのはいやなので今からキープしてあるのだという。だから、と彼は言った。

「一月二十日までなら、そこに入ってくれていてもいいんですよ」

しかし、とてもそんな家賃は出せそうもない。私が言うと、別にただでも構わないんですよ、と彼は言った。誰もいないで放っておくより、誰かが住んでいた方がいいから、と。それはありがたいが、ただというわけにはいかない。私が言うと、彼は言った。では、君が払えるだけ払ってくれればいい。それなら……一日十フランというのはどうだろう。私がいくらか虫がよすぎるかなと思いつつ提案すると、彼は笑って、一日五フランということにしよう、と言ってくれた。ということは、一日わずか三百円にすぎない。

「いいだろうか」

「いいですよ」

私たちはそれから二時間近く話し込んでしまった。そこで私は、彼が松田さんという名前であること、ステンド・グラスの技術を修得するためパリで四年ほど暮らしているということ、工芸学校の学生でもあるのだが、ごく最近、ノルマンディーの教会から注文を受けるまでになったということ、などを知った。

「その部屋には今夜から泊まるといい」

松田さんはそう言い、鍵を渡すから部屋まで来ないかということになった。

彼の部屋に行くと、扉《とびら》の前に若い男性が立って松田さんの帰りを待っていた。若い男性は工芸学校の友人でギリシャ人のアントニオ君だと紹介された。彼を招いて会食する約束になっていたらしいのだ。話してみると、絵のデッサンを学んでいるというこのアントニオ君が面白かった。

カタコトの日本語を話すのは、八カ月ほど日本に行っていたことがあるからだという。その時アルバイトで英語の教師をやっていたというので驚いた。私が聞いても相当ひどい英語だったからだ。

「渋谷の英語学校で会話を教えていたね」

「へえ」

「それからナリタでも教えたね」

「成田のどこで？」

「ナリタサンのオボーサンね。国際空港ができると、外国人がいっぱい来るので、オープンまでトックンしたね」

「坊さんは喋《しゃべ》れるようになった？」

「何年やっても無駄《むだ》ね」

それにしても成田山はひどいのを教師にしたものだ、などと大笑いしていると、小《こ》柄《がら》でスリムなフランス人の女性が食料を抱えて姿を現した。松田さんのガール・フレンドだという。

それから私たちは、全員で食事を作り、食べ、呑《の》み、喋り、片付け、午後十一時まで楽しいパーティーの時間を過ごした。

松田さんが貸してくれた部屋は、地下鉄をジョルジュ・サンクで降り、シャンゼリゼ大通りを凱旋門《がいせんもん》に向かって少し歩き、そこを曲がってすぐの古い建物にあった。シャンゼリゼの真裏といってもよいくらいのところだった。ベッドひとつ、ビニール製の簡易クローゼットがひとつ、これに洗面台がついているだけの狭い部屋だ。天井が斜めになっており、そこに窓がついている。トイレは階の奥にあり共同だという。しかし、松田さんの部屋でのパーティーが終わり、鍵を貰ってその部屋に入った時の感激はなかなかのものだった。

建物にはエレベーターなどなく、真っ暗な踊り場には階段の脇《わき》に電気のスイッチがついている。それをつけると木の階段にほのかな灯《あか》りがつく。五階分の階段を昇り、部屋の前で荷物を下ろし、鍵をガチャガチャやっていると、突然、灯りが消えた。それがフランス風電気節約法と知ったのは翌日のことで、最初は故障しているのではないかと思ったほどだった。とにかく、また階段の横についているスイッチを入れ、鍵を開けて部屋に入った。部屋を見廻《みまわ》し、空気を入れ替えようと窓を開けると、そこは中庭に面していて、建物がコの字型に取り囲んでいる。そして、同じような屋根裏部屋の窓を持っている灰色の屋根の向こうに、エッフェル塔らしきタワーの尖端《せんたん》が見えている。私は偶然のことから自分の部屋となったその屋根裏部屋で、窓を開け放ったまま、寒さに震えるようになるまで外を眺《なが》めつづけた。

翌日から、その屋根裏部屋でのパリの生活が始まった。

パリは暮らしやすかった。これまでの街とは違って、確かに暗く、寒かったが、寂しくなかった。パリが本当の都会だったせいかもしれない。

だが、生活といい、暮らしといっても、もちろん本当の意味で生活し暮らしていたわけではない。別に私はパリで何をするでもなく、毎日ただ歩いていただけなのだ。

地下鉄の切符代も惜しいのでシャンゼリゼからカルチェ・ラタンに行くのも歩いて行った。モンパルナスも、モンマルトルも、ブローニュの森も、とにかく歩いて行った。公園があり、本屋があり、映画館があり、そして何より、美しい街並がある。歩くのに飽きることがなかった。

食事にも困らなかった。時には松田さんやその知り合いに招かれることもあったが、いつもは市場で買った総菜を食べたり、学生相手の定食屋に行ったりした。そして、特別の日は、街角の店で生牡蠣《なまがき》を半ダース買い、部屋に戻って安物の白ワインで乾杯する。クリスマス・イヴもそうだった。

そんな日を送っているうちに、年が替わった。

ある日、そろそろ行くことにしようか、と思った。

旅はサグレスで終わっているはずなのに、宙ぶらりんのままになっている。それは句点を打っていない文章のようなものだ。打って終わりにしてしまおう。延ばし延ばしにしていたが、そろそろ決着をつける時期が訪れたのかもしれない。

私はソルボンヌの旅行代理店へ行き、ロンドンまでのバス・チケットを買った。フランスのカレーからイギリスのドーヴァーまではフェリーだという。ホヴァー・クラフトの方が速いが、それだとバスから荷物を持って移動しなければならない。どうせあなたは荷物が大きいでしょ、というニュアンスをこめて、代理店の女性がフェリーを勧めてくれた。

次の日、シャンゼリゼのアパートを引き上げ、松田さんに鍵を返した。そして、前からいいなと思っていたオデオン座横のホテルに移ったのだ。

明日はロンドンという前夜、いつも頭だけしか見ていなかったエッフェル塔に昇ろうと出かけた。しかし、エレベーターに乗るのに金を取られる。取られることは知っていたが、その額が予想外に高く思えたので、残念ながらエッフェル塔に昇るのはやめた。

代わりに、白のワインを一本と、牡蠣を半ダース買って帰ることにした。

モンパルナスのレストランの前には盛大に牡蠣を並べた台が出ている。そのひとつに、オジイサンになりかけたオジサンといった年頃の初老の男が立っているところがあり、私は持ち帰り用として半ダースを注文した。オジサンは牡蠣の殻《から》を鉄のヘラでこじあけはじめた。

その手際《てぎわ》のよさを見ているうちに、サグレスからの途中に寄ったマラガの居酒屋を思い出した。壁にワインの樽《たる》がぎっしりと並べられているその居酒屋は、それぞれ銘柄《めいがら》の違うワインをグラスの一杯売りで呑ましてくれる。そして、その細長い店の奥には、やはりこのパリの牡蠣のオジサンのような男がいて、やはりこのような鉄のヘラで大きな蛤《はまぐり》の殻をこじあけていた。ワイン一杯五ペセタ、二十五円、そしてその生の蛤一個が八ペセタ、四十円。ワインを貰《もら》い、オジサンに蛤を注文すると、籠《かご》から取り出した大きな蛤の殻をこじあけ、貝柱を切りはずし、貝を三つに切り、大きなレモンを手に取って、シュッと絞って出してくれる。そのリズミカルな動きはまさに職人芸であり、しかもその蛤はおいしかった。

パリの牡蠣のオジサンも、マラガの蛤のオジサンに負けてはいなかった。瞬《また》く間に処理された牡蠣は、小さな氷を敷いた木桶《きおけ》の中に並べられる。そこに半分に切ったレモンを入れ、蓋《ふた》をしてビニールの袋に入れて渡してくれる。しかし、それを受け取ったものの、私はなんだかホテルでひとりで食べるよりここで呑みながら食べたくなってしまった。オジサンにワインのボトルを見せ、二人で呑まないかという身振りをした。断られるかと思ったが、オジサンは奥から栓抜《せんぬ》きとグラスを二つ持って出てきた。私たちはそこで二人きりの宴会をやった。オジサンは勧めても牡蠣は食べなかったが、ワインは呑んだ。

それはパリの最後としては悪くない一夜だった。

バスは、パリを出て約六時間後の午後二時に、フランス大西洋岸の港町カレーに着いた。

港では、バスにフランスのイミグレーションの係官が乗ってきて、軽い調子でパスポートを徴集して降りていった。しばらくすると、出国のスタンプを押し、同じような調子で返してくれた。

ロンドンへのこの最後のバスの旅は、記念にトラブルのひとつやふたつ起こらないものかと思ってしまうくらい、すべてにあっけないほどスムーズだった。

バスはそのままフェリーへ乗り込み、乗客はバスを降りて、船室に上がっていった。すぐに、船の後部にある食堂に列ができた。セルフ・サービスで食べやすそうだったが、値段が高かったので我慢することにした。一食くらい抜かすのは何ということもなかった。そのために、パリのホテルであのようにパンを大量に食べてきたのだ。

船の前のサロンに廻ると、数人のフランス人が酒を呑みながら大声で喋っている。周囲の客たちは彼らに対して眉《まゆ》をひそめるような気配があるが、それもひそやかなものにすぎない。私は甲板《かんぱん》に出た。進行方向の左手に太陽が照っている。だが、まだ午後二時を少し過ぎたばかりというのに、陽《ひ》は低く、光もひどく弱々しい。しばらく甲板で海と太陽を見ていたが、寒くなって船室に引き上げた。

ようやく前方に陸地が見えてきたのは、船に乗って一時間後だった。陸地は前面が切り立った崖《がけ》になっており、白茶けた岩肌《いわはだ》にはまったく植物が生えていなかった。

あれがイギリスか……。

その先にロンドンがあるのか……。

ふと、ひとつの台詞《せりふ》が浮かんできた。イランを走るヒッピー・バスで一緒だったロッテルダムの若者が、別れ際に投げかけてきた言葉だ。彼は、長かった旅から故郷に帰るそのバスを指差し、こう言ったのだ。

“From Youth to Death!”

私はそれを、彼が「青春発墓場行」と名付けたのだと理解した。私もまた、「青春」というものから「墓場」とやらに行くのだろうか。これが「墓場」への第一歩だというのだろうか……。

2

フェリーはイギリス側の港であるドーヴァーに近づいてきた。

船内アナウンスがあり、私たち乗客がバスにふたたび乗り込むと、しばらくして接岸されたらしい軽い衝撃があった。

出口が開き、バスはそのまま入国管理事務所に向かった。私たち乗客はまたそこで降り、建物の中に入り、入国審査を受けるために窓口の前に並んだ。それは、これまでも、ひとつの国からもうひとつの国へ抜けていくたびに何十回となくやってきたことだ。しかし、そうした列に並ぶのもこれが最後ということになる。

私はいつもの習慣で、どこの窓口に並べばいいかを判断するために素早く見廻した。こちらに疚《やま》しいところはないが、妙に厳格な係官の列に並んでしまうと、ひとりひとりの審査に時間が掛かり、結果としてなかなか列が進まないで苛々《いらいら》させられるということが起きる。私も何十回と経験しているうちに、どこが早く動きそうか直感的にわかるようになっていた。

ところが、今回に限って、ここはという係官が見つからない。誰も職務に忠実そうで厳格に見える。仕方なしにいちばん列が短いところについた。

それが失敗だったのだ。

最初はその列も順調だった。しかし、私の数人前に並んでいたアラブ系の二人組の若者のところに来て、急に時間が掛かりはじめた。執拗《しつよう》に質問され、いろいろな書類を出させられている。私は不安になった。入国審査を受ける前というのは漠然《ばくぜん》とした不安がつきものなのだが、その不安がしだいに膨らんできた。

結局アラブ系の若者は、ひとりは入国を認められたものの、他のひとりは認められなかった。二人はアラブ語で言葉を交わすと、ひとりはロンドン行きのバスが待っている方へ、もうひとりはフランスへ戻るフェリーの方へ向かっていった。私はさらに不安が大きくなった。だが、私には入国を拒絶される理由がない。罪を犯してはいないし、危険物を持っているわけでもない。少なくとも、これまでヨーロッパの他の国ではまったく問題はなかったのだ。

いよいよ、私の番になった。

若い係官が私のパスポートを見ながら訊ねてきた。

「ビジネス？　それともトラベル」

「トラベル」

「ロンドンのホテルは？」

「決まっていない」

ここまではいつもの質問だ。しかし、次の質問を受けたとき、不吉な予感がした。

「帰りのチケットは？」

「いや、持ってない」

私が答えると、係官はパスポートの査証欄をパラパラとめくり、そこに押されている各国のスタンプを黙って点検しはじめた。私の不安は増してきた。係官は、しばらく何かを探すように査証欄を見ていたが、やがて私に訊ねてきた。

「日本を出てからどれくらいになる？」

「約一年……」

「所持金は」

「五百ドル」

もちろん、そんなに持っていなかったが、咄嗟《とっさ》に、あまり少ないと心証を悪くするだろうと判断したのだ。しかし、冷静に判断してみれば、五百ドルでも多い金額ではなかった。もっと多めに申告してもよかったのだが、出してみろと言われるのも恐《こわ》かった。

「どのくらい滞在の予定だ」

「二、三日」

「二、三日？」

係官がどこかのブザーを鳴らしたらしく、そこに別の係官が現れ、私の旅券番号を控え、またどこかへ消えていった。

「ロンドンへは何をしに」

「だから観光を」

「主としてどこを廻る予定だ」

「わからない、多分、あちこち……」

そこに、どこかへ行っていた係官が中年の係官を伴って戻ってきた。若い係官が早口で何か言うと、中年の係官は二つ三つ頷《うなず》いて、私に言った。

「一緒に来ていただけますか」

私は彼に連れられ、小部屋に案内された。そこで、中年の係官は私に言った。言葉遣いは丁寧だったが、それはほとんど命令だった。

「荷物を取ってきてくれませんか」

荷物は、バスの運転手によって、すでに税関の側に廻っていたのだ。その荷物をここに持ってこいというわけだった。

ザックを取ってくると、次は荷物を全部出してほしいときた。私は憤《いきどお》りと恐ろしさの混じりあった奇妙に高ぶった気分になりながら、言った。

「何が問題なのだ」

だが、中年の係官は別に変わらぬ口調で言うだけだ。

「なんでもない」

私はザックから荷物を出し、広い台の上に並べた。

係官は、出てきたノートをパラパラ見ている。それから、使い古しのバスのチケットや宿のカードといったものが無造作に突っ込んであるビニール袋を手に取り、中身をザッと台の上にあけた。それを一枚一枚丹念に手にとっていたが、どうやら、眼《め》を通していたのはアドレスのようだった。そこには、各地で知り合い、アドレスを交換した人や、彼らが紹介してくれた友人知人の住所が書き込まれた紙切れが入っていたのだ。

しばらくして、それに眼を通していた係官が訊《たず》ねてきた。

「この人はどういう人だ」

それは、シラーズの安宿で同宿になったロンドンの若者のアドレスだった。

「旅先で会った人だ」

「どこで」

「イランのシラーズという町だ」

「彼に会いにいくのか」

「いや、彼はまだ旅をしていると思う」

自信はなかったがそう言った。

係官は受話器を取り上げると、どこかに電話をした。話している内容は聞き取れなかったが、途中で彼の住所を読み上げたらしいことはわかった。

徹底的に調べられている、という感じが伝わってくる。

これは、もしかしたら、本当にイギリスには入れないかなと思いはじめた。最初のうちは、どうにかなるさ、といういつもの楽観主義があったが、その中年の係官の真剣な眼差《まなざ》しを見ているうちに、ついに自分の運も尽きたかなという感じがあった。ドーヴァー海峡を渡る直前、この最後の旅があまりにもスムーズなので、記念にトラブルのひとつやふたつ起きないものか、などと馬鹿《ばか》なことを考えてしまった。天罰《てんばつ》はてきめんだった。

それにしても、理由がまったくわからないのが腹立たしい。どうしてこんな取り調べを受けなければならないのだろう。理由は私が日本人だからとしか思えない。

去年の暮に、ロンドンのオックスフォード大通りで、大きな爆弾騒ぎがあったのを思い出す。パリで読んだ英字新聞に書いてあった。デパートが吹っ飛び、何人かが死んだが、すぐにクリスマス商戦に「爆弾セール」というのが登場したと皮肉っぽく記されていた。しかし、あれはIRAのテロで、日本の過激派とは無縁だったはずだ。

「いったい、何が問題なのだ」

また私は訊ねた。

「いや、大したことではない」

大したことはないと言いながら、寝袋の裏まで引っ繰り返している。私は、突然、怒りが抑え切れなくなり、啖呵《たんか》を切りたくなってきた。もういい、ここからパリに帰る。理由もなく、こんな取り調べを受けるのは不愉快だ。歓迎されない国を訪れても仕方がない……。だが、妙に疑われるのもいやだったし、やはりロンドンの中央郵便局で電報を打つまでは、という思いもあった。いや、実際はそんな啖呵を切る英語力がなかっただけのことだったのだ。

アドレスの次は手紙だった。各国の日本大使館留めで送ってもらった私宛《あて》の手紙の束を取り出し、封筒の中まで改めはじめた。

「この国では、入国の際にプライベートな手紙まで読まれてしまうのか」

私が声を荒らげると、係官はにこりともせずに言った。

「心配しなくてもいい。私は日本語が読めない」

そこに電話が掛かってきた。係官はその報告を聞き、最後にサンキューと言うと、電話を切った。そして、私に向き直ると言った。

「悪かった、長く待たせて」

私は怒り心頭に発するという心境だったので、どういたしまして、などという大人の対応はできなかった。もうチェックは必要ないのか。私が突っけんどんな口調で言うと、係官は簡潔に言った。必要ない。これで入国できるのか。入国できる。係官はそう言うと机の前に坐《すわ》り、パスポートを広げ、スタンプを押してから顔を上げて言った。

「一カ月でいいかな」

「そんなにいらない。二、三日で充分だ」

私が精一杯の皮肉をこめて言うと、係官は少しも動じることなく応じた。

「同じことだ。長くて困ることはないだろ」

そして、パスポートに《ONE MONTH》と書き込むと、それを私に手渡しながらこう言った。

「ロンドンまでいい旅を続けてくれ」

そこを出て、また税関でのチェックを終え、ようやく待っているバスに乗り込むと、あと一分遅かったら、次のバスにしてもらおうと思っていたところだ、と運転手に言われてしまった。私のせいで三十分以上も待たせてしまって申し訳ない。私はむしろ被害者で、責任は入国管理の側にあるはずだが、乗る際に乗客全員に軽く頭を下げておいた。すると、何人かが災難だったねというように微笑《ほほえ》んでくれた。

発車して、しばらくして怒りが治まると、今度は逆に、激しい恐怖に襲われた。テ口に関《かか》わりのあることではなく、単に不法就労を懸念《けねん》されただけかもしれなかった。しかし、理由がわからないのが恐ろしかった。イギリスだから、まさか中近東のどこかの国のような理不尽なことはしなかっただろうとは思う。だが、たとえイギリスといえども、異国には異国であるというただそれだけで計りしれない恐ろしさがあるものなのだ。私にとっては理不尽なことでも、相手にとっては充分な理由がある場合だってなくはないのだ。パキスタンのペシャワールでの出来事がそうだった。映画館から走り出た私が、あそこで下手に警察官に抵抗していたら、銃で撃たれたとしても文句の言える筋合いではなかったのだ。

少し落ち着くと、外の風景が眼に入るようになってきた。

低かった太陽はさらに大きく西に傾き、色はますます赤くなっている。これまで通ってきた南ヨーロッパでは、屋根は赤く壁は白いという家がほとんどだったのに、イギリスに入ったとたん屋根も壁もくすんだ焦《こ》げ茶色になっている。それが眼にしっとりと映る。

いつの間にかなだらかな坂を上っていたらしく、進行方向のすべてが見渡せるところに出てきた。遠くに、穏やかで、整然とした小さな町が見える。多くの家の屋根には煙突があり、そこから白い煙がたなびいている。イギリスの田園地帯の夕暮れは美しかった。

やがて、陽が落ちる。それでもしばらくは西に明るさがあるが、東の闇《やみ》に追いかけられ、ゆっくりと飲み込まれると、それが夜だった。

3

朝、大英博物館から五分という距離にあるペンションで、充実したイングリッシュ・ブレックファーストを食べると、私は、さて、と呟《つぶや》いた。さて、行くとするか、と。

前の日は、一日中ロンドンの街を歩いた。オックスフォード通りからリージェント通りを歩き、ピカデリー大通りからハイド・パークに入った。温かいキドニー・パイを食べながら、枯れ葉の上をサクサクと音を立てて歩いた。

午後はロンドンを東西に横断する最長の路線バスに乗った。

パディントン駅から西に向かい、その終点で降りて東に向かうバスに乗る。それをまた終点まで行き、西行きのバスに乗り換えてピカデリー・サーカスまで戻ると夕方になっていた。

ソーホーの中華料理屋で食事をし、近くのパブでビールを呑《の》んだ。その店でオランダのウトレヒトからヒッチハイクで来たという若者と知り合い話し込んでいると、酔っ払いがやってきて二人に一杯ずつ奢《おご》ってくれた。しかし、それはなんとビールではなくジンジャエールだった。アルコールにはまだ早いということらしく、私たちは笑ってしまった。そこにまた、ギニアから渡ってきたという酔っ払いのコンボ叩《たた》きがやってきて、私が東京から来たと知ると、イトーを知っているだろう、と言う。知ってる、知ってる、と私が調子よく答えると、ウトレヒトの若者が笑った。トウキョウはずいぶん狭い街だな。私も笑って頷いた。そう、二人しか住んでいないのだから。

ロンドンの一日は子供の時の休日のように楽しかった……。

そしてこの朝、私はいよいよ中央郵便局に出掛けることにしたのだ。

ホテルのオバサン、正確にはイギリス版ペンションである「B&B」ベッド・アンド・ブレックファーストのオバサンに聞いたところによれば、ロンドンの中央郵便局はトラファルガー広場にあるとのことだった。

地下鉄のホルボーンからセントラル線に乗り、トートナム・コート・ロードでピカデリー線に乗り換え、チャリング・クロスに向かった。

これが旅の本当の終わりだ。電報を打ったら、あとは日本に帰るだけだ。しかし、不思議なことに日本に帰るということにまったく実感が湧《わ》かない。

パリで調べたところ、日本に帰る最も安い方法はアエロ・フロートの格安チケットを買うことだとわかった。モグリのチケット屋では、ヨーロッパに渡ってきて金がなくなった日本人から安く買い取った帰りのチケットが、破格の値段で売りに出されていた。もちろん、チケットは他人の名義になっている。ある一軒では、最も安いチケットは有効期間があと二週間しかなく、しかも名義人は女性というのを勧められた。値段は百二十ドルという信じられないものだったが、そんなチケットで出国できるとは思えなかった。航空会社はいいにしても、パスポート・コントロールで引っ掛かってしまうに違いない。すると、相手のチケット屋は平然として言ったものだ。アエロ・フロートで、オルリー空港からなら大丈夫なのだ、と。何人もそうやって日本に帰っている。もし駄目《だめ》だったら戻ってくればいい、売り値で引き取るから、とも言う。アエロ・フロートの予約さえ取れれば問題はない。ただし、とそのチケット屋は笑って言った。落ちた時の補償がどうなるかはわからないがね。

しかし、とにかく、百二十ドルで帰れるのだ。パリに百二十ドルのチケットがあるなら、ロンドンにだってあるに違いない。なければ、もう一度パリに戻ってもいいのだ。金はギリギリでそれが買えるところまである。

日本に帰ることはできる。だが、帰ることに現実感がない。喜びも湧いてこなければ寂しさがあるわけでもない。妙に無感動なのだ。ロンドンの中央郵便局へ電報を打ちに行くというのは、この長い旅の一応のクライマックスではあるのだ。別に頭の中でファンファーレが鳴り響く必要もないが、それらしい感慨があってもよさそうなものではないか。

トラファルガー駅に着いた。

私は地下鉄の駅から、広場にあるネルソン提督の銅像の前に立った。正面にはまだ入ったことのないナショナル・ギャラリーが見える。私は少しでも気分を盛り上げようと広場を散歩した。しかし、依然として無感動のままだ。

その時、打つべき電報の電文のことが頭に浮かんだ。どういう文章にしたらいいのだろう。デリーからロンドンまで、乗合いバスに乗って確かに辿《たど》り着くことができた。

《ワレ到着セリ》

これが考えられる最もオーソドックスなものだが、今の私の気分にはそぐわない。

確かに、デリーからロンドンまで乗合いバスで来ることができた。賭《か》けに勝ったのは私の方だった。しかし、ここまで辿り着けたのも友人たちの餞別《せんべつ》がわりの賭け金があればこそだった。もしあの金がなければ、マドリードあたりで無一文になったかもしれないのだ。とすれば、やはり《ワレラ到着セリ》とすべきかもしれない。だが、これで意味がわかるだろうか。まさか、俺《おれ》は君たちのお陰でロンドンに到着できた、その感謝の気持をこめて「ワレラ」としたのだ、などとは思わないだろう。あいつは、もしかしたら女と一緒なのではあるまいか、と疑われるのがオチだ。やはり、シンプルに《ワレ到着セリ》で行こうか。

その場合、《WARE TOUCHAKU SERI》とやればいいのだろうか。日本語の《ワレ到着セリ》に比べると、何となく迫力がないのが心配だ。やはり、英語で書くべきなのかもしれない。しかし《I ARRIVED AT LONDON》などという幼稚な英文でいいのだろうか。現在完了とか過去完了にする必要はないのだろうか。これで間違えたら、一年も外国を旅していて英語にもまったく進歩がなかったと馬鹿にされかねない。さて……。

ロンドンの中央郵便局はトラファルガー広場にあるとのことだったが、広場には面してないらしくどこにあるかわからない。少し歩いて探したが、見つからないので、通りがかりの警官に訊ねた。

教えてくれた通りに歩いていくと、間違いなく広場の裏手にあった。しかし、東京の中央郵便局をイメージしていた私は、その小ささに驚かされた。

とうとう着いてしまった。そう腹の中で呟いて、何も起こらないことにどこかがっかりしている自分に気づいた。入国の際あれほどのことがあったあとで、まだ何かが起こることを期待していたらしい。

郵便局に入っていき、電報の受付窓口を探したがどこにも見当たらない。しかし、とにかく、電文を決めることが先だ。私は台の上にある各種の用紙の中から、電文を書く用紙を探した。ところが、これも見当たらない。そこで、ひとつの窓口で訊ねてみた。

「電報を打ちたいんですけど」

「なんだって？」

ピーター・オトゥールのように顔の長めの金髪の男性が、顔をしかめるようにして訊《き》き返してきた。

「電報を打ちたいんですけど……用紙はどこにあるんですか」

すると、相手はふっと笑いかけ、すぐに真面目《まじめ》な顔を作って言った。

「君はここから電報は打てない」

そこには人をからかうような皮肉な調子が含まれていた。何をこいつは言い出すのだろう。私は、どうしてなのか、と少し強い調子で訊ねた。

「ここは電話局じゃない」

「えっ？」

私には彼の言っている意味がわからなかった。

「電報は電話局から打つんだよ」

「あっ！」

ようやく私は自分の誤りに気がついた。しかし、念のため確かめてみた。

「ここから電報は打てません？」

「ここから電報は打てない」

電報は郵便局からではなく、電話局から打つのだという。言われてみれば当然のことだった。しかし、私はなぜかロンドンに着いたら電報を中央郵便局から打つのだと思い込んでいた。どうして、郵便局だと思い込んでしまったのだろう。これまで電報など打ったことがなかったから、配達をしてくれるということで、郵便と混同してしまったのだろうか。

私は恥ずかしくなり、小さな声で訊ねた。

「電話局はどこにあるんでしょう」

すると、相手は本物の笑い顔になって言った。

「どこでもいいんだよ」

「どういうことでしょうか……」

「電報は電話から打てるんだよ」

「…………！」

私は声もなく窓口を離れ、そのまま中央郵便局を出てしまった。

歩きながら、しだいに私はおかしくなってきた。そうか、電報は郵便局ではなかったのだ。そうか、電報は電話局からだったんだ。

私はこの旅の終わりの場所をロンドンの中央郵便局と決め込んでいた。仮りに他の場所で旅の本文は終わっているにしても、このロンドンの中央郵便局で電報を打たないかぎり、最後のピリオドは打てないと思い込んでいた。だが、その中央郵便局は電報など受け付けていなかった。

いつの間にか私はリージェント通りをピカデリー・サーカスに向かって歩いていた。

電報は電話があるところならどこからでも打てるらしい。ということは、ロンドンのどこからでも可能ということになる。いや、もうそこがロンドンである必要はないのかもしれない……。

クックックッ、と笑いが洩《も》れそうになる。私はそれを抑えるのに苦労した。これからまだ旅を続けたって構わないのだ。旅を終えようと思ったところ、そこが私の中央郵便局なのだ。

通りに旅行代理店が何軒か並んでいた。私は安いチケットを売っていそうな一軒に入り、船のチケットはあるかと訊ねてみた。応対してくれた女性は、そんなことは当然というように頷いて、訊ねてきた。

「どこ？」

「…………」

「どこに行きたいの？」

どこがいいだろう。そういえば、パリの屋根裏部屋の隣にいた若者がアイスランドの話をしていたことがあった。アイスランドに行けば魚の運搬の仕事があるというのだ。仕事はきついが、それは信じられないくらい高額なアルバイト料を払ってくれるということだった。しばらくアイスランドで働いてみたらどうだろう。

「そう、アイスランドは？」

私が言うと、相手の女性もにっこり笑って言った。

「もちろん、あるわ」

私はそこを出ると、近くの公衆電話のボックスに入った。そして、受話器を取り上げると、コインも入れずに、ダイヤルを廻した。

《9273——8082425８——7308》

それはダイヤル盤についているアルファベットでは、こうなるはずだった。W、A、R、E——T、O、U、C、H、A、K、U——S、E、Z、U。

《ワレ到着セズ》

と。

［対談］森の少女とカジノの男

井上陽水
沢木耕太郎

この対談は、一九九四年二月に行われました。

一人でぶらりと

沢木　昨日、ある本が届いたわけですよ。えのきどいちろう編『井上陽水全発言』というのがね。井上さんから来たのかと思ったら、出版社からで……。

井上　そうなんです。その本は基本的にはうちが関知しないというかたちで制作されたものなんです。僕なんかが入ると、カバー写真に使われているサングラスひとつに対しても、そういう安手のものではいけない、なんていうことになる（笑）。

沢木　でも、これは作りは安直ではありますが（笑）、かなり面白いというか、少なくとも僕にとっては意外なところがいっぱいあってね。

井上　えのきどいちろう、知ってます？

沢木　知らない。

井上　えのきどいちろうを知らないっていうのは……。

沢木 いや、文章は読んだことあるけど、会ったことはないという意味。

井上 面白い人でね。

沢木 その本でまずおかしかったのは、えのきどさんの書いている「あとがき」。もちろん、井上さんも読んでるよね？

井上 うん、読んでる。

沢木 ちょっとその内容を要約すると、ある日、井上さんのところにえのきどさんがインタビューに行くわけだよね。その日、井上さんは都ホテルかなんかにいて、何本か続けてインタビューを受けている。それは新しいアルバムが出たんで、プロモーション用のインタビューをセーノで片付けちまおうという、そういう一日なんだね。そのうちの何本目かにえのきどさんが現れ、疲労困憊《こんぱい》している井上さんの状態を見てとってインタビューの方法を考える。そして、賢明にも「今までのインタビューはどういう方向でやってきました？」といった感じで始めるんだよね。

井上 そうでしたね。

沢木 僕がインタビュアーだったとしても、同じような方法をとったと思うな。「疲れたでしょう」なんて話から始めてね。「つまらないことを何度もしゃべるのはしんどいでしょう」とか。井上さんは、そんなえのきどさんに少し心を開くんだね。そして、逆にえのきどさんのことを訊《き》きはじめる。「何でこんな仕事を始めたの？」とか、「今、幾つ？」とか、「独身？」とか、「こんなんで食っていける？」とか訊いたんじゃないんですか、きっと。そのうちに面白くなって、えのきどさんのお母さんがこの近所で喫茶店をやってるというのを聞くと、ちょっとハイになった井上さんは「じゃ、行ってみるか」と言ってしまった。

井上　そうそう。

沢木　えのきどさんはインタビューを終えると、一心太助のごとく「てえへんだ、てえへんだ、井上陽水が来るぜ！」とお母さんのとこへすっ飛んで帰って、お母さんもちょっと慌《あわ》てて店を片付けた。しばらくして井上さんはその喫茶店へ行くと、ビールなんか飲みながら、お母さんと取りとめのない話をするんですよね。

井上「おたくの息子さんはいい息子さんで、将来が楽しみですね」なんていう話も織りまぜながら（笑）。

沢木　で、えのきどいちろう氏の総括としては、「それはまるで担任の家庭訪問のようであった」（笑）。

井上　そう書いてあったね。

沢木　それがおかしくてさ。井上さんは高校教師なんかになったら、けっこう面倒見のいい教師になったかもしれないなと思ってね（笑）。

井上 それ以来、えのきどさんとはずいぶん親しくなって、結婚式にも呼ばれたりした。

沢木 えのきどさんの「あとがき」によれば、そのとき井上さんは当人に向かって「いや、君は絶対なにものかになれる」みたいなことを言ったらしい。そのとき彼は二十四歳だったというから、ずいぶん嬉《うれ》しかったろうね。

井上 僕は時々そんなことを言うらしいんですけどね（笑）。もう一人、筋肉少女帯というバンドに大槻《おおつき》ケンヂというのがいて、五年程前、彼がインタビュアーとして何かの雑誌で僕のとこへ来たことがあってね。彼も面白い人で、「僕は十年後にも生き残っているでしょうか」なんて訊くから、「全然問題ないんじゃないの」って答えたりして。変わってるよね、大体そういう人は。

沢木 ストレートな人っていうのは、やっぱりダメかな。

井上 ダメということはないけど。変わってる人っていうのはどこかが欠落してるし、バランスよくないわけだから、大変といえば大変だけど、その分なにかで埋め合わせるんじゃないですか、その埋め合わせているもの、それがいいんですよ。バランスいいと別に埋め合わせる必要ないから。

沢木　「あとがき」も面白かったんだけど、本文の中で驚いたのは井上さんの旅の話。「ひとりでぶらっと旅をするんです。一番極端なのは、いきなり成田へ飛行機もホテルも何も決めずに行ってしまって、そこで初めて目的地を選んで切符を買ったときですね」ってのがあって、いやあ、もしこれがほんとだったら驚きだなと思った。

井上　どうして？

沢木　およそ、そんなことするタイプの人間ではないと思ってたから。

井上　しますよ。

沢木　驚きだね。井上陽水っていう人を考え直さなくちゃ、というくらいの驚きだね。

井上　でも、帰るのが早いですね、せいぜい一週間か十日ぐらい。

沢木　それは構わないと思うけどさ。別に外国じゃなくても、国内でも東京駅とか羽田とかに行って「さあどこに行こうか」なんて思って旅行する人って、実はいそうでいないと思うよ。僕も外国で「さあこれからどうしよう」と思うことはあるけど、成田で「さて」と考えたことは一度もないね。とりあえず目的地はあったね、常に。

井上　僕も何となくはあるけどね。パリに行こうか、ロンドンに行こうか、ローマにしようか。

沢木　だけど、それをやるにはまずそこそこの金が必要ですね。航空券を普通運賃で買えなければならないものね。

井上　僕はこういう仕事をしてて、例えば女の子と街を歩いたりしていると……今はそうでもないけども、週刊誌とかテレビにそのことが出たりして、家庭に影響が及ぶような生活をずいぶんしてたんですよ。確かに空港でいきなりオープンのチケットを買うというのはある種の贅沢《ぜいたく》だけど、そんな悲惨な生活をずっとしているものだから、バカヤローそのぐらいの贅沢はいいだろうみたいな（笑）、そういう気があるんですね。日ごろすごい苦労してるんで（笑）。

沢木　まあ、一般にそれを苦労と認めてもらえるかどうかは疑問だけど（笑）、それぐらいはいいよね。でも、その自由さって相当すごいね。

井上　いちど、何かヨーロッパへ行く飛行機がないかなって成田へ行ったけど、ないんですよ。もちろん八時間待てばあるのかもしれないけど、二、三時間のレベルでは飛ばない。といって、アメリカへ行きたい気分でもない。そうしたら、香港《ホンコン》かソウルへ行けばヨーロッパのどっかへ行く便があるんじゃないかなと気がついて、とりあえず香港に行ったことがあるんですけどね。

沢木　とりあえず、ね。

井上　それからロンドンへ行きました。

沢木 ヘエーッ。しかもさ、その後に続く台詞《せりふ》で「インドやイスタンブールに行きましたけど」って、およそ井上さんはインドとかイスタンブールなんか行かない人だと思っていたから、驚いた。

井上 そうですか？

沢木 まあ、イスタンブールまではあるかもしれない。しかし、インドはないと思っていたね。

井上 だけど、僕はカトマンズまで行ったんですよ。

沢木 だからさ、何かのときにカトマンズに行ったたっていうのは聞いたことがあるんだけど、ネパールはあってもインドは外すだろうと思ってたから。

井上 インドは三、四回ですね。

沢木 そんなに？　知らないもんだね、意外と。その上、さらに驚かされたのは、「これは典型的な夢なんですけど、例えばオーストラリアのエアーズロックのあたりをドライブするとしますよね。広大な砂漠《さばく》だから、ガソリンが途中で切れちゃうかもしれない。あたりはだんだん暗くなってくるし、困ったなあ、どうしよう。そうしたらちょうど明かりのついた一軒家があって、そこに素敵なお嬢さんが暮らしている、っていうのがいいですね」なんていう台詞。その歳《とし》になって、まだそんなこと考えて

るの？（笑）

井上　いや、これにはヨーロッパ版もあってね（笑）。実際にドイツをそんな感じで旅したことがあるんだけど、ドイツの森ってすごいでしょう。日本の森もよく知らないけれど、ヨーロッパの森って本当に厳しいなと。特に、夜はね。これは下手すると凍死するな、みたいな。そういうところで車のエンジンがダメになって、向こうに明かりが見えるんですよ（笑）。訪ねていくと、おじいさん、おばあさんが「どうしたの？　日本の若い衆」「いや、ちょっと立ち往生しまして」「まあ、部屋もあるし、木がたくさんあるんで、それを割ってくれたら泊めてあげるわ」「よかった。よかった」なんて言いながらね、ドイツの朝食ってのはおいしいなあなんて思ったら、娘がいるっていう（笑）、こういうバージョンもあるんです。

沢木　娘は朝食まで出てこないのね（笑）。

井上　そうなんです。そういうのが一つ、理想の夢としてあって、「相変わらずまだそんなこと考えてんの」って大人が言うのを耐えながら（笑）、やっぱり少年としては生きていくという……。

沢木　ある所で車が故障した。で、その先にほんのりと明かりが見える。さて、その明かりのところには何があるでしょう、というのも相当その人の人生観が反映されるね。

井上　そうですね。僕は楽観的なのかもしれません。

沢木　それも意外だね。

井上　楽観的だし、夢見がちな少年なんです（笑）。

沢木　井上さんがそういうことをまだ考えてるとは夢にも思ってなかった。

プレスリーとビートルズ

井上　でも、沢木さん変わんないね、写真が今と。

沢木　そうかな。

井上　うん。どう、自分で。やっぱり変わった？

沢木　変わってるよ、それは。

井上　そんなに変わってないように思えるけど。僕なんかこんなモップ頭だったですね。

沢木　あれはだいぶ印象が違うよなあ。

井上　あれとはもう大変わりだけど。

沢木　最近、全然違うよね。髪形ばかりじゃなくて、しゃべり方やなんかも少し変わってきたね。

井上　そうですか。

沢木　うん。こだわるようだけど、絶対にフラッと成田でチケットを買うようなタイプの人ではなかったですよ、昔は（笑）。

井上　そういやあねえ、僕もそれなりに揉《も》まれましたよ。

沢木　揉まれましたか。

井上　それはそうですよ。離婚もあるでしょう。それに大麻不法所持で逮捕されたこともありますし（笑）。それから、もちろん世の中である程度音楽が売れたということで、まあ、やっかみ半分みたいなこともあったし。

沢木　そういうのって、鬱陶《うっとう》しいよね。

井上　ええ。それから、ポルノ女優とどうこう、何もしてないのに……。

沢木　えっ、そんなこともあったの？

井上　何もしてないなんて、よけいなこと言わなくていいですけどね。彼女に対して失礼ですよね（笑）。

沢木　さっきのえのきどさんの話に戻ると、井上さんって、四十五度ぐらい角度を変えて対応するような人を面白がるようなところがない？

井上　それはありますね、ええ。

沢木　ありますよね。僕の印象では、井上さんは人と対応するとき一回転半ぐらいして角度をもたせてるっていう感じが強いんだけど、僕はとにかく来たものは平らな壁みたいにパーンと返すという感じの人間じゃないですか。だから、井上さんが面白がっている人たちは、確かに面白いんだろうなと思う一方で、僕なんかはうまく対応できないかもしれないとも思う。しかし、最近の井上さんは角度のあまりない、平面的な人と対応するのもそんなに下手じゃなくなっているよね。それはやはり、揉まれてきたからかな。

井上　どうなんですかね。でも、僕はできるだけ真摯《しんし》な気持で対応しようと心がけて生きてはいたんですよね（笑）。

沢木　一回転半しつつね（笑）。

井上　でも、僕も沢木さんのことを、いま沢木さんが自己分析したような感じで見てたんですけど、やっぱり人間ってそんなに単純じゃないなと思ったのは、沢木さんの『象が空を』という本を読んで……。

沢木　あっ、あれ、送るのが少し遅くなってしまって。

井上　いや、手紙にも書きましたけど、あの本は絶好のタイミングで届いたんですよ。仕事場が空調の工事でしばらくホテルに入らなければならないということがあって、何の本を持っていこうかなというときだったもんでね。あんな分厚い本、普通ならそう簡単に読めないんですけど、環境に恵まれたおかげで……。

沢木　なんとか読めた（笑）。

井上　確か、沢木さんが最初に読み物というか、文学というか、そういうものに興味を持ったのは剣豪小説……。

沢木　チャンバラ小説、時代小説だね。

井上　ええ。そういうチャンバラ小説を貸し本屋で借りて読んでたというんで、僕は僕なりに一つのイメージがあったんですよ。それはあまり好ましいイメージじゃないのね。もちろんその好ましい好ましくないというのは、時代とともに変化はするけども、例えばこれは微妙なもので、音楽をプレスリーから好きになった人とビートルズから好きになった人は、もう明確な差があるみたいにね。

沢木　あるだろうね、きっと。

井上　沢木さんはそこから入ってきたという人で、それは一つあるところから見ると、入り方が何かあまりよくないみたいな。で、沢木さんはそのことは絶対わからないだろうなと。わからないからそこから入ってきた人なんだろうなと。後からそういうふうに言葉になっていったんだけど、そういうニュアンスのことを心で思ってたんです。ところが、この間、本を読んでたら明確にその分析をしてるし、やっぱりすごいなあと。

沢木　井上さんは、例えばビートルズから入ったということにおける正統性みたいのを感じてるの。正統性というのはちょっと大げさすぎるか。

井上　いや、それは相当に確固たるものだったんですけど、最近は、さすがにあれだけ時代が過ぎると、あれでよかったのかなという感じなんですよ。結局、何で剣豪小説とか、チャンバラ小説からきた感じがあんまり好ましくないかというと……。

沢木　なぜなの？

井上　セクシュアルじゃないからなんですね、僕から見ると。

沢木　なるほど。

井上　それはちょうどあの本でも書いていたように、あれは三島さんの『剣』でしたっけ。

沢木　うん、三島由紀夫の『剣』。

井上　高校時代に読書感想文としてとりあえずそれを書いた。これも何かの縁ですね。

チャンバラ小説を読んでて、読書感想文を書かなきゃいけない。とりあえず身の周りにあったものが三島の『剣』。そこに偶然ではない、何か沢木さんにとって、必然のめぐりあわせではなかったのかと思うんですよ。話を最終的に三島さんまで詰めれば、いろんなことがあるかもしれないけど、僕の簡単な言い方ではセクシュアルじゃないということなんです。

沢木 今、話がセクシュアルかどうかというところにきたんだけど、井上さんには、セクシュアルであるかどうかというのが一つの価値基準になっているの？

井上 人間の分類の方法としてありますね。それはね、話をまたもとに戻すと、沢木さんは気づかないいんじゃないかなって、ぼんやり僕は思ってたんです。でも、この間『象が空を』を読んで、あ、気づいてる、と思ったんです。

沢木 だけど、自分がセクシュアルかどうかなんて、例えば井上さんはわかってるの？

井上 それは難しい問題ですよね。自分はそういうものに興味を持ってるし……。

沢木 惹《ひ》かれてもいる。

井上 ええ。卑猥《ひわい》なものとか、ああいうものに非常に興味を持ってるし、またコンプレックスもある。僕がすごく好きだったり、ちょっと避けてるものは大体セクシュアルですね、僕にとって。例えばプリンスなんていう人がいるんですね。簡単に言うとセクシュアルなんですけど、これが好きなような、なんか聴《き》いちゃいけないような……。

沢木 プリンスに対して？

井上 うん。うちの奥方がプリンスのコンサートへ行くと嫉妬《しっと》したりする（笑）。

沢木 去年、エリック・クラプトンが来たじゃない。エリック・クラプトンなんて全然関係ないという感じ？

井上 うん。僕は彼にはあまりセクシュアルな感じしないね。

沢木 なるほどねえ。

井上 これはちょっと専門的になるかもしれないけど、もう一人ジェフ・ベックというギタリストがいますが、彼なんかすごくセクシュアルな感じするんですね。クラプトンって、立派な人という感じですよね。

沢木 立派かどうかわからないけど、すごく物語性のある人のような気がする。明瞭《めいりょう》な物語を持ってて、それが僕らみたいな素人にも理解できるような気にさせるんだろうな。例えば音だけとか、声だけで理解するんじゃなくて、彼の存在全体から理解できる感じの人だよね。だから、感覚的に理解するという人ではないということはよくわかる。その辺は、例えばビートルズの中でもジョン・レノンてセクシュアル、やっぱり？

井上 あの人はセクシュアルじゃないでしょうか。

沢木 ポール・マッカートニーは？

井上 ポール・マッカートニーはあんまりセクシュアルな感じしないですね。ただ、ビートルズとローリングストーンズとで、一般的にどっちがセクシュアルかというと……。

沢木 ローリングストーンズになるよね。

井上 なりますね。優等生なんですね、ビートルズは。やっぱりローリングストーンズのほうは欠落してる部分がたくさんあるんですよ、能力としても。

沢木 だけど、それに惹かれる？

井上 結果としてはそんなにストーンズは僕は聴いてないんですよね。だから、それは僕のコンプレックスにもなってるんです。僕の友人で気のきいた人は皆、ストーンズが好きで（笑）、ちょっとつらいんです。わかるだけにね。

沢木 でも、何をセクシュアルに感じるかというのはさまざまだね。三島さんがセクシュアルじゃないということに対しては別に異は唱えないけど、いかにもセクシュアルな感じというのには、例えば僕はセクシュアルな感じを受けなくて、透明な感じでスーッと存在するようなものにとてもセクシュアルなものを感じるとか、その感じるこっちの触覚みたいなものが人によって違うんだろうね、たぶん。

井上 年とともにまた変わってくるしね。

チベット三万年

沢木 最近、ハヤブサが主人公の話を翻訳したんだけど、それ以来ハヤブサっていう鳥に興味を覚えてね。だけど、昔から千何百年も日本人が付き合ってるハヤブサについてさえ、ほとんど何もわかってない。ハヤブサについての本を読みたいと思って本屋に行っても、ハヤブサの本ってないんだよね。

井上 ほんとにまだまだたくさん研究するものってあるんでしょうね。

沢木 で、先月、タカ狩りというのに参加したんですよ。ほんとはハヤブサ狩りを見せてくれるはずだったんだけど、諸般の事情でタカ狩りだけになってしまった。しかし、これがやたら面白くてね。

井上 いいねえ、タカ狩りなんて。タカ狩りとか、ハヤブサ狩りとか。そうか、沢木さんは今度はそっちのほうへ飛んだのか、斬新《ざんしん》だな、と一瞬思いかけたけど、前はハチヤさんのハチとかに熱くなってたでしょ（笑）。

沢木　ハチとの付き合いはまだ続いているの（笑）。

井上　最近、ボウリングなんかをちょっと外した感じでやろうという話があるんです。まさかテニスじゃないだろう、ゴルフでもないだろうというわけでね。でも、ボウリングは外した形跡がわかるのが厭《いや》なんだけど、スケートになると外れすぎていいかなと思って、最近、スケートをやってるんですけど（笑）。

沢木　二子玉川園で？

井上　そうそう。つまり、ゴルフとかテニスとかそういうのはあんまり行きたいとも思わないんだけど、タカ狩りとかスケートだったら行きたいなという感じだね。

沢木　井上さんがスケートとはね（笑）。

井上　一時、釣《つ》りが日本で大流行になって、そのときは日本から魚という魚がいなくなっちゃうんじゃないかというぐらいの釣りブームでね。そういう流れに乗るのは、やっぱりまずいなというのがありますよね。

沢木　ありません、そんなの（笑）。

井上　沢木さんにはあるはずよ。

沢木 釣りはやらないけどね。ゴルフもやんないし、テニスもやらないけど。

井上 みんながワーッとやってるのに参加はしないよ、沢木さんは。

沢木 確かに参加しないけど、結果としては同じだけど、井上さんとはプロセスがだいぶ違うね。そういうふうにグルッと半回転か一回転半したあげくのことじゃなくて、ただやらないだけだから。

井上 けっこう右と左と分かれて、「全然違うなあ」なんて言いながら、気がつくと同じ場所にいたなんていう話がありますよね（笑）。

沢木 井上さんとはそういう感じで一緒になることが多いのかもしれないね。

井上 タカだハヤブサだっていう話で言うと、つまりそんな有名な鳥の文献が一つもない、わからないことが多すぎるというところで言うと、これもゴルフやテニスと同じような感じで一時もてはやされたテーマかもしれないけど、歳とともに、死について考えることが増えましたね。

沢木 死？

井上 そう、死ぬこと。日本の歴史なり西洋の歴史がそれなりにあるわけだけど、簡単に言うと、だいたい死というのは隠蔽《いんぺい》されてて、タブー化されて、見えないようにされてる。僕は中沢新一さんが関係した本で、帯の添え書きの「チベット三万年の歴史の中で死を見つめ続けている」というのにほだされて買ったのがあるんですよ（笑）。うん、三万年は尋常な長さじゃない。そうかあ、チベット人というのは三万年も死を見つめてるのかなんて（笑）。

沢木　中国は三千年だけど、チベットは三万年なのか（笑）。

井上　最近その入口にちょっと立ってみて僕が考えたのは、「そうか」と悟るのは、何か本やお経読んだり偉い人の話を聞けばいいのか、それとも難行苦行しながら摑《つか》むものなのかということなんですね。で、この間、中沢新一さんにお会いしたんで聞いたんですけど、あれはやっぱり、難行苦行して向こうの世界に入らないといけないらしいですね。

沢木　そうなの。

井上　つまり、ある境地に達したり、何か見えてきたりというのは、インスタントに修得できるもんじゃないと知って、あらためて、うーん、それは大変だなと思ってね。

沢木　具体的なプロセスは一切度外視して、最後の絵柄《えがら》だけで言えば、井上さんはどういう死に姿というのがイメージできる？

井上　どうですかねえ。そのことってバリエーションはいろいろありますけどね。もちろん畳の上から、腹上死から、野たれ死にまであるわけです。それはあるんだけど、人間として生まれてきて、最近も直木賞の授賞式があったけど、直木賞を取るのも、高額所得者になるのも、あいつはなかなか渋い仕事を続けて長い間頑張《がんば》ってきて立派だねって言われることも、すべては移ろいの世の中のことで（笑）、結局生まれてきて死にどう対応するかの精神的なものを培《つちか》っていく、これしか大事なことはないんだということが書いてあって、いや、それはそのとおりのような気がしてるんだけど、とりあえず直木賞の授賞式には「ひやかし」として出席するわけですよね（笑）。

沢木　受賞者に会えばおめでとうと言う（笑）。

井上　これも全然わからないんですけど、どういう死に方をするというよりも、生から死に行くところで「しまった、もっと研鑽《けんさん》を積んでおきゃよかった」ということになると厭だなと思ってね（笑）。

沢木　死後はとりあえずいいとして、死への窓口みたいなところで、何か納得できる境地が手に入れられたらいいなって、冗談紛れに思ってるわけ？

井上　思うんだけど、僕が思ってる地点というのはその境地からずいぶんかけ離れたところで、「きょうは沢木さんとフグを食べよう」という世界に生きてるでしょう（笑）。その価値観のままでその境地を会得《えとく》するためのプロセスを紹介されても、困るんですね。簡単に言うとそれは難行苦行なんですよ。フグはないんですからね。

沢木　そこにはフグはないのかね、やっぱり。

井上　もちろん新しい「グフ」とかがあるかもしれないけれども（笑）、とりあえず見えない。となってくると、境地も欲しいけど、ずいぶん大変そうだなっていうところに、いま僕は生きて考えてんですね。

沢木　今の境地でこのまま行ってもいいんじゃない、そのまま死んでも。

井上　軽々しくそんなことを言われたって、あなた（笑）。

沢木　そう悪い境地でもなさそうな気がする。

井上　新興宗教みたいな言い方してる（笑）。

沢木　でも今、単純にスパンとここでフグの毒に当たって死んだとき、あんまり後悔しそうもない気もするでしょう？　そうでもないですか。

井上　いや、それは人様がどう思うか胸の中ははかりかねますけど、たぶん僕なりに相当後悔のない感じはあるんじゃないかなとぼんやり思ってんですよね。

沢木　もうそのレベルでいいんじゃない、境地としては。

井上　まあ、その辺にゴキブリが出てきてもオタオタすることがありますからね、人間の生理は。

沢木　ネパールに行ったのは、そういう境地の問題とは関係ないわけ？

井上 いや、それは全然違っていて。世の中って、ほんとに話せないことが多過ぎますよね（笑）。

沢木 ハッハッハ。

井上 何て不便な世の中なんだろうって。バンコクに行ってヒッピーの溜《たま》り場《ば》みたいなところに入ったら、そこにヨーロッパのツーリストに向けて、日本では見たことのないような写真と手書きの「ハワイよいとこ、一度はおいで」的なもので「カトマンズ」っていうのがあったんです。ちょっとイカレましてね（笑）。そこで切符を買えるものかどうかチェックしたら、買えたんで、行ったんです。

沢木 不思議な旅行してるねえ。今日は驚きの連続だ。

井上 しかし驚くといえば、『深夜特急』の時は一年間旅したんでしたっけ。

沢木 いや、香港からロンドンまで一年二カ月ぐらい。

井上 やっぱり、今ではそんなことはできない？

沢木 できない。どうしても、旅は細切れになっていますね。井上さんは、一番最初に旅行したのはロンドンだったっけ？

井上 そうです。

沢木 それは幾つぐらいのときだったっけ。

井上　二十三、四ですか。

沢木　そのときはレコーディング？

井上　ええ、『氷の世界』の一部を。

沢木　そのときのロンドンはどんなロンドンだったの。じいっとホテルにいたとか、出歩いて遊びまくったとか……。

井上　一つ覚えてるのは、ポーランドかどっかから来てる女の娘《こ》がメイドで部屋の掃除をしてたんです。なかなかいい娘でね（笑）。その娘と一緒に公園へ行ったのを覚えてますね。

沢木　散歩？

井上　仕事が終わってからね。だから、僕はイギリスにいながらポーランドのことをよくわかるようになったりして（笑）。言葉のレベルが大体同じだったから。

沢木　すると、やっぱり「氷の世界」もロンドンの詞なの？

井上　いや、違います。イギリスは全然関係ない。

沢木　だけど、あれにはリンゴ売りが出てくるじゃないですか。窓の外にはリンゴ売り、って。あれは「白雪姫」に出てくる魔法使いのおばあさん風のリンゴ売りなの、それとも路上でリンゴを売ってる屋台かなんかのオッサンがいるわけ？

井上　屋台でリンゴ売ってるオッサンという感じは、いま初めて聞いたようなイメージですけどね（笑）。魔法使いほどロマンティックじゃないんですけど、イメージとしては人がひとりで売ってるんです。マッチ売りの少女がリンゴを売ってるみたいな気分ではいるんですけどね。

沢木　井上さんが初めて行ったのはロンドンだって聞いてたから、あれを聴くたびに、何となくホテルでぼんやり寂しく窓の下を見てると、屋台じゃないけど、リンゴを並べて売ってるおじさんかなんかが通行人に呼びかけてるのかなとかって、ふと思うんだけど。そのイメージは全然ないんだ。

井上　今、そうやって思い出すと、マッチ売りだと一つ明確なイメージって出るでしょう。ただ、リンゴ売りっていうことがどういうわけか出てきて、それがはっきりしたイメージを持てなかったんですね、僕は。「でも、リンゴ売ったっておかしくないよな」って、イメージがはっきりしないということはいいことだなと（笑）。

沢木　なるほど、井上さんらしい論理だね（笑）。

井上　そういうのは多いですよね。

沢木　井上さんはきっとロンドンの部屋で、そのときは季節は秋とか冬で、仕事の合間にひとりで、寂しいなとか、つまんないなとかって思って、外を見てるという、そっちのイメージが強いんだね、僕には。僕がロンドンにたどり着いたときが冬だったから、それでなのかもしれないけど。

井上　だから、ホテルにはポーランドの女の子がいたって（笑）。

ドラマを見つける

沢木　外国へ行くのに、誰かと行くほうが楽だという人と、寂しいときもあるけどひとりのほうがいいっていうのとあるけど、井上さんはどっちなの？

井上　どっちかというと、旅はひとりの方がいいですね。

沢木　前に、井上さんが、お互いアメリカを旅していて、なんとなくアトランティック・シティーあたりで会えたらいいですね、と言っていたことがあるでしょう。特に予定を決めないでいてね。でも、僕は井上さんがそういう旅をする人だとは思ってなかったの。そういうことってできるかなあ、と半信半疑だったけど、実は僕なんかよりはるかに自由に旅していたんだね。

井上　この間、ローマへ行ってね。それから、ミラノへ行きたくなったんで飛行機で着いたら街で何かのフェアをやってて……。

沢木　泊まれなかった？

井上　東京でいうと三鷹《みたか》あたりのラブホテルまでいっぱいなんですよ（笑）。いろいろ探したんだけどダメで、電車でもういちどローマへ戻ろうと思ってミラノ駅に行ったんです。電車の時刻を見て、ローマ行きが二、三時間後というのがわかったんで、最後の挑戦《ちょうせん》をしてみたんです。ほら、駅によくあるじゃない、ホテルの斡旋所《あっせんじょ》が。すごい人だかりがしているんだけど、とりあえず並んでみた。すると、そこにね、今でも覚えてるんですけど、五十ぐらいのおばさんがいて、けっこう洒落《しゃれ》てるんですよ。トランクに腰掛けて、足を組んで、細いシガーかなんかを指にはさんで、すごい魅力的なんですよ。いいなあと思いながら、ずうっと見てたら、後で旦那《だんな》さんが来て、ホテルはやっぱりダメらしいというので、肩を落とす表情がありありとわかるんです。その人たちは旧ソ連の共産党員で、旦那さんは日本でいうと東大とか一橋を出たエリートで……。

沢木　どうしてそんなことがわかったの？

井上　バッジでわかったような気がしたんですね（笑）。これはきっと共産党員のバッジなんだろうなと思ったんです。言葉も何となくロシア語っぽいし。いやあ、彼らもあのままずっといけば、悠々《ゆうゆう》自適の外国旅行だったんだろうけど、苦労してるなと思って。

沢木　面白いね。

井上　でも、ああいうところの上流というか、エリートの女性も魅力的ですね。

沢木　この間といえば、僕は何年かぶりでイスタンブールに行って、以前とはひとつだけ違うことをしたんですね。空港から乗ったタクシーの運転手に好きなホテルに連れていってもらったんです。以前は金がなかったからタクシーなんか乗ったこともなかった。ところが、そのタクシーの運ちゃんが連れていってくれたのは、何が悲しくてイスタンブールでそんな名前をつけなけりゃいけないのかというホテルでね。井上さんの歌の題名をシャッフルしたような、「ペリカン・ホテル」っていうんです。

井上　いいじゃない、それは（笑）。

沢木　これが汚ないホテルでね（笑）。そのペリカン・ホテルから、むかし泊まったブルー・モスクの前にある安宿まで歩いていって、ホテルがあったところの前に立ったんだけど、当時のことをまったく思い出さないの。毎日そのホテルから出てブルー・モスクを見上げていたはずなのに、その感じがまったく蘇《よみがえ》らない。自分の持ってるイメージと現実とがちょっとズレてて、それを何となく修正していけばいいといったレベルを超えて、そのときのイメージが全然持てないわけ。それこそ『深夜特急』

で旅したときのあの記憶っていうのが、二回目に行ったときに全部消えちゃってね。

井上　全部？

沢木　全部。そのときの旅では少し時間があったんで、トルコからスペインにまわったんだよね。マドリードに行って、マドリードからリスボンまでバスに乗ってみた。マドリードからリスボンまでって丸一日かかるんだけど、マドリードで朝六時ごろバスに乗って、夜の八時ごろリスボンに着くんです。マドリードに着いて何日か滞在して、バスに乗ったら、偶然なんだけど、十五、六年前にバスに乗った日付と同じだったの。例えば十二月十二日とか。で、乗ったバスも同じ時間帯のバス。

井上　ヘエーッ。

沢木　で、着いた時間もほぼ同じ。ルートもたぶん変わんないだろう。でも、まったく思い出さなかった、何にも。国境で乗り換えてリスボンに着くんだけど、まったく何も思い出さないというのは、過去のものは消えちゃったなと思ったね。十数年前の旅とかっていうのがさ。

井上　もう一仕事やったことでもあるしね（笑）。それは関係ないかな。でも、沢木さんて、同じ日付とか、その辺に敏感ですよね。

沢木　そうかもしれない。

井上　いや、僕もね、これは敏感というのとは少し違うかもしれないけど、車の時計がデジタル表示で、見るとどういうわけか「007」とか「3・14」とか……。

沢木　そういう数字が出てくるの？

井上　なんか、そういう意味ありげな数字を見ることが多いなあということがあるんです。たぶんそれが強く印象に残るからなのかもしれないけど。

沢木　でも、そういうのをしょっちゅう見つけてしまう人とか、しょっちゅう遭遇してしまう人っているのかもしれないよ。

井上　沢木さんはそこら辺にあるドラマとか、夢とか……。

沢木　うん。見つけるね。

井上　何かそこで楽しめる人みたいだから、やっぱり注意深く目を配ってるんですよ。

沢木　そこで言えば、僕の目のいかないところというのがきっとあって、人と会っても、例えばセクシュアルな部分に対する注意深さが欠けているのかもしれないね。だけど、いつだったか吉行淳之介さんと話してるときに、人をどこで記憶するかっていう話になったんだ。例えば女をどこで記憶するかっていう話になって……。

井上　吉行さんだと、もうどんな指輪してたかなんか全然わかんないですね（笑）。

沢木　わかんない。要するに、どういう洋服を着てたかもわかんない。僕もわかんないし。

井上 僕もそうだ。

沢木 そう？

井上 ええ。どんな服を着てたとか、絶対覚えてないですね。

沢木 吉行さんのオチはね、「しかし、シュミーズの脱ぎ方は覚えてる」って（笑）。

井上 言ってくれるね（笑）。

沢木 いいけどね（笑）。

井上 いいだろう、言わしておいて（笑）。

沢木 女の人の記憶っていうことでいえば、例のポーランド娘なんか、何で覚えてる？ 顔つき、それとも言葉つき。

井上 体つきです（笑）。

沢木 言わしておこうか（笑）。

井上 体つきというのが一番覚えてるな。

沢木 声なんか記憶ない？

井上 ないですね。しかし、さっき、剣豪小説から入った沢木さんはセクシュアルなものにちょっとうといんじゃないかなって生意気を言ったんだけど、「そういうことを言うからには、井上さん、相当な境地なんでしょう」って……。

沢木　言わないけどね。

井上　言われないために先に言っとくんだけど（笑）、某酒場の某おかみにそういう話をチラッとしたことがあるんですね。そうしたら、そのおかみが「何を言ってんのよ。陽水なんかより沢木さんのほうがずっと立派なのよ。あなたのほうが全然ダメ」って（笑）。

沢木　ほんとかね、その話（笑）。

井上　人は見かけによらないというのが私の結論で（笑）。ほんと、あなどれないですよね、人は。どう転ぶかわかんないんだから。

沢木　それ、どういう意味なの？（笑）

必勝法はあるか

井上　でも、剣豪小説に戻ると、ああいうチャンバラの中でも、そこに女性が登場して、エロティックなものを読者は感じ取る。特に沢木さんはそこを感じてますよね。

沢木　感じてる。だけど、そのパターンはそう複雑じゃないんだろうね、きっと。割と直線的なエロティシズムだと思う。崩れたものとか、欠けてるものに対して、エロティックなものを感じるという感じ方とはちょっと違ってると思うんだけど、確かに剣豪小説みたいなものにどっかでからめ捕《と》られてる自分は少しある。例えば色川さんの麻雀《マージャン》物、博奕《ばくち》物ね。色川さんの博奕物って剣豪小説のパターンとは本質的に違うんだけど、僕はやっぱりどっかで剣豪小説を基準にしていて、どうズレてるかという感じで理解していくわけね。

井上　そうなんでしょうね。

沢木　例えば、麻雀はちゃんとやってないからよくわからないけど、カジノでのやりとりなんかありますよね。色川さんがカジノで発見していく劇というかドラマと、僕がカジノで発見していくドラマとやっぱりかなり違うのね。

井上　ええ。当然ね。

沢木　僕はどっかで剣豪ドラマ風の、時代小説風のドラマを見つけてると思うんですね。だけど、それでも現実はもうちょっと複雑だから、それから逸脱していく奴《やつ》らがいっぱいいるわけじゃない。逸脱していく奴が周りにいっぱいいて、だけどどっかで自分が見つけようと思ったり、自分がやろうと思ってることが……だって今、僕がバカラで何をやろうとしてるかっていうと、柳生宗矩《やぎゅうむねのり》が剣の奥義《おうぎ》を求めているなんてのと同じように、「博奕で絶対に勝つという方法があるんだろうか」っていう疑問を解明するためにやり続けてるわけだから（笑）。

井上 博奕で？

沢木 博奕で。でも、博奕に絶対はないというのが……。

井上 常識ですよね。

沢木 だけど、あるかもしれない。あるいは、なければないでいいから、ないということを腹の底から知りたいと思って、延々とずっと続けてやってるんです。その一本の道の間を歩いてる中に、いろいろな人たち、それこそ上流階級の女だとか、本当にわけのわかんない男だとか、ヤクザならヤクザとかっていうのに、世界中のいろんなカジノのバカラのテーブルで会うわけよね。で、その人たちを面白がらないっていうわけじゃないですよ。

井上 それはいろんな奴に会うだろうからね。

沢木 去年の夏、ラスベガスで半月ほどバカラをやりつづけていたんですね。バカラのテーブルって、いまや、ほとんど中国人の世界なんですね。そこに稀《まれ》にイタリア系のアメリカ人が来て、白人のワスプはほとんど参加しないと言っていいんです。参加できないわけ、あまりにも危険な匂《にお》いがしすぎて。そこにひとりの白人がテーブルについたんですね。身なりは、僕もいいとは言えないんだけど、もっとひどいわけ。中国人てのは身なりがものすごく悪くても、絶対に金があって、その夏ラスベガスで一緒にやった人たちは、一回に一億円のチップを持ってこさせて、それを賭《か》けるっていう人たちだから。一方、僕は十万円単位の金しか持っていない。そいつもそうなのね、貧しい身なりで。だけど、すごくカッコいい白人で、知的で、自分なりの方法論を持っている。僕とは根本的に賭け方が違うんだけど、着実に金を増やしていく。僕はちょっと畏《い》敬《けい》の念を持って眺《なが》めてたわけですよ。こいつはどういう奴なんだろう。もしかしたらすごいギャンブラーなのかもしれないと思ったりね。その彼が、途中でほんの少しの額をタイというのに賭けたわけね。バカラというのは基本的には丁半博奕なんだけど、どちらでもないタイというのがあって八倍もつく。で、カードを開けたら、ものの見事にタイになっていた。そのとき僕としては、そいつが無表情に金をスッと取るのを見て、「むむ、こやつはできる!」と思いたかったんだけど、タイになった瞬間、「アイ・ゴット・イット!」と叫んでガッツポーズなんかするわけよ。まったく、トホホ、という感じでね。

井上 ハッハッハ。

沢木 面白いなとは思うけど僕が期待している振る舞いとはちょっと違う。そのときに僕じゃない人だったら、色川さんだったら、その辺からグーッとその人に向かっていく回路があるんだろうけど、僕は面白いけど困ったなと思っちゃうわけよ。

井上 剣豪小説の主人公みたいじゃないから（笑）。しかし、今、本当に必勝法はないかとか、ないということを確認したいとか言ってたよね。つまりプロレスなんかと一緒で、一つのショーという前提があって、でもショーだから別にどうでもいいというんじゃなくて、現実にはそれをわきまえた上でいろんな人が楽しむわけだけど、必勝法はないかという沢木さんの話は、どういうレベルのものなの。マジメなのか、それともそういう楽しみ方をしたいということなのか、そこのところがよくわからない。

沢木 かなり真面目《まじめ》みたい。

井上 僕が森の中で少女に会う夢を見るのを、ずいぶん現実的じゃないと笑われたけど、ひとりぐらいドイツの森の中で会った人はいると思うんですよ（笑）。でも、博奕で勝ち続けた人はこの世にいない。

沢木 いや、そうとも言えない（笑）。

井上 それはもうほんと、人間っていうのがどんどん神に近づくようなレースをやってるわけでね。でも、神になった人はいない。

沢木 麻雀の田村光昭さんもよくバカラをマカオにやりに行くらしいんだ。で、バカラの話をしたことがあるんだけど、田村さんは絶対の方法があるなんて夢にも考えない。考えないけど、彼が言ったことですごく新鮮だったのは、「一日の日当分を稼《かせ》いだらやめます」って言ったのね。僕には日当分稼いだらやめるっていう発想は本質的にないわけですよ。別に日当は欲しくないわけ。だけど、それはすごく深い話で……。

井上 ちょっとね、こたえるよね。

沢木 こたえた。日当分稼いだらその日は終わって、あとはサウナなんかでマッサージしてもらいますっていうんで、上には上がいるなと思った。日当分稼いだらやめるっていうのは、彼はある程度経験則で勝ち越せるっていう感じがあるわけですよね。僕も経験則でやっていればほとんど負けないんです。しかし、それで勝っても僕にはあまり面白くない。僕は経験則ではなくて絶対の方法を見つけたいんですよ。

井上 それは本にしたいぐらいだろうね。『ハウ・ツー・ウィン』という（笑）。

沢木 もし見つけたら、そこの部分だけ袋綴《と》じにするの（笑）。

井上 話聞いてると、黒鉄《くろがね》ヒロシさんなんかもそうだけども、「陽水、聞いてくれ。おれはついに発見した、競馬の必勝法を」と、会うたびに言うんですけど、楽しんでるわけですよね。

沢木 でも、そのレベルとは違う（笑）。

井上 みんな自分ではそう思ってるんだけど（笑）。

沢木 ちょっと聞いてくれる？

井上 聞いてあげる（笑）。

沢木 競輪とか競馬の必勝法っていうのはあまり意味がないと思うんだ。というのは、条件が他に依存し過ぎるじゃない、競輪も競馬も。だけれども、例えばここに偶数、奇数、偶数、奇数というのを一万枚書いた紙があって、それをゴチャゴチャにまぜて、裏にして一枚ずつ一万枚並べるとしますよね。これを当てていく。これは誰の意思も入ってないわけですよ、並べた瞬間に。ここから先は僕が決めればいいわけ。僕が一枚目を偶数と読むか奇数と読むかというだけの問題でしょう。

井上 五〇パーセントですね。

沢木 ですね、確率は五〇パーセント。ここには前にいる人が誰とか、並べた人が誰とかって問題にならないんですね。

井上 僕はすでにその前提が違ってると思うんですね。人間っていうのは、沢木さんは知らないかもしれないけど（笑）、つまり女性がそばにいると、なぜか奇数方向で目を読みがちになってしまうとかいう人がいるかもしれないんですよ。そういう可能性もあるわけね。

沢木　もちろんある。
井上　となると、周りに誰がいるか全然関係ないというわけではないですね。
沢木　もちろん。例えば井上さんが絶世の美人でさ、彼女が奇数と言ったら、僕はどうしても偶数と言ってしまうということもありますよね。
井上　という傾向があるかもしれない。
沢木　同じ奇数と言いたいという奴もいるかもしれない。そこに影響を受けないというわけは全然ない。
井上　気温とかねえ、湿度とか。
沢木　だけど、ここに並んでいる運命はもう決まってるわけじゃない。競馬とか競輪というのは、レースの手前では、つまり馬券や車券を買う時点では運命が決まってないわけじゃない。
井上　そうですね。
沢木　突然体調が崩れたり、他人の転倒に巻き込まれたり、それは事前にはまったく決定されていない。そういった自分ではどうしようもない要素がありすぎるけど、偶数か奇数かを読むというのは誰の責任でもないわけよ。読めない自分が全部責任を背負うわけじゃない。それが面白いんですね。今、目の前に絶世の美人がいることによって読めない自分というのは馬鹿《ばか》なわけで、それをも含めて読めるかどうかということで、この一万枚のカードに向かっていけるわけです。バカラっていうのは唯一《ゆいいつ》そういう影響を受けない博奕なんですね。例えばルーレットはディーラーの意思が入りますよね。だけど、バカラは他人の意思が入らない。

井上 あのね、そのカードを誰か並べるわけでしょう。

沢木 うん。

井上 バカラは誰が並べるんですか。

沢木 それはディーラーが並べる。ディーラーも見えないんだけど、裏返しにしたカードを八組、だから四百枚のカードをカットするわけね。それによって、もう運命は決定されちゃうわけ。

井上 運命が誰かによって決定されてる可能性はないですか。つまり、トランプというのはある会社が作りますよね。

沢木 そう。

井上 で、封をして出てきますよね。

沢木 決まった形で。

井上 それを誰か人間が開けるわけです。八組ですか?

沢木　八組。
井上　それをまぜるわけですね。
沢木　まぜるわけ。
井上　それを無作為にまぜてるという保証がないもの。
沢木　それも考えました（笑）。しかし、それは研究の対象から外してもいいというところまで研究しました（笑）。
井上　沢木さんはずいぶん研究しましたって言うけども、その時間と、そのほかに本もお書きになっている時間もあるでしょう。彼らは本も書かずにずっとそれをやってるんですよ（笑）。
沢木　逆に、ある傾向が出ても、それは構わない。何かは決定されたわけだから、そこから自分が対応していけばいいわけ。しかし、それを読んでいくっていうことが可能なのかどうなのかっていうと、絶対に不可能なんです。普通に考えればね。
井上　どう考えても不可能なんじゃないの（笑）。
沢木　いえいえ、これがあるんですね。袋綴じが、絶対に（笑）。
井上　じゃあ、どうして巨万の富を沢木さんは持ってないのさ（笑）。
沢木　あるはずだと言ってるわけ。

井上　まだ研究段階なんですね。

沢木　そう。だから、巨万じゃなくて、数十万ぐらいしか稼げないですね。

井上　早くそれを追究して、教えていただきたいですね。

沢木　でも、ないんだったらないっていうことを知りたいっていう、それだけなんだけど。でも、みんなそんなことを言ってるのかね。

井上　そうでしょうね。で、それがまた生きてるっていう証《あか》しでもあるし、いい文学作品もそこから生まれるということですので（笑）。でも、逆に言うと、田村さんの日当分が浮けばいいっていうのは、むしろそっちのほうが押さえた感じがあって、大人っぽいし、玄人《くろうと》っぽいし。つまり、そこに夢なんかを見てない感じが……たまたま沢木さんと比較すると、そっちのほうが深いですよね、博奕に対する認識が。

沢木　歴然とね。

井上　日当分でいいんだ、遊ばないんだっていうことですからね。

沢木　彼は千ドルとか五千ドルとかの高額のチップを持って、ここという一番にバッと賭けるらしい。

井上　もう短期の勝負しかないですね。しかし、この間、政治改革法案が曲がりなりにも通過して、ちょうど金曜日に通過したんですけど、土日があって、月曜日に僕は大金を持てるだけ持って、株を買えたらなあと思ったんです。

沢木　ほんと？（笑）

井上　もうここしかないという局面なんですが、でもそうは人間って張れないんですよ、やっぱり。張れるときもあるし張れないときもある。張れる人もいるし張れない人もいる。「間違いない」と思っても、張らなきゃダメで。もちろんドーンと上がりましたけどね、僕が買わなかったから（笑）。なかなかですよ。

沢木　バカラもまったく同じでね、ここでは絶対にこの目が出るって一〇〇パーセント信じてるのに、一万ドル張れなくて、千ドルぐらいしか張れなくて、二千ドル返ってきたときの屈辱感。だけど、そこが面白いと僕は思ってるのね。そんなふうに自分のことを確かめたりなんかする局面ってないじゃない。どうして俺《おれ》って、こんな小さな金しか賭けられないんだろう。自分の持ってるリミットまでどうしていかれないんだろう、とかって思いながら賭けてるのが面白い。

井上　面白いね。でも、いずれ沢木方式で一〇〇パーセントという確証を得るときがくれば、どうしてこんな小さな額しか張れないんだろう、なんて、その辺はもうなくなっていてね、「井上君、お金ない」とか言って（笑）、ドーンと置くわけですからね、きっと。

人生のラック

沢木　井上さんの博奕はどうなってんの、今。
井上　もうずいぶん前に、やっぱりダメだっていうことで身を引いたんですけどね。
沢木　ということは、おつき合い程度の麻雀？
井上　そうですね。
沢木　それ以外は？
井上　だって、沢木さんは研究に研究を重ねてって言ったけど、そのほかにもずいぶん長時間本を書いたりしてるでしょ。でも、彼らっていうのは沢木さんが本を書いてる時間までそういうことをやってるわけで……。
沢木　彼らって、誰？　カジノの人？
井上　ええ。カジノの人でもあるし、僕の友人でもありますけど（笑）、彼らは膨大な時間をかけてるんで、かなわないなと思って。
沢木　なるほど。でも、時間だけじゃないよ。
井上　うーん。

沢木　方向が間違ってたらしょうがない。それと種目を間違っちゃいけない。なーんて、偉そうに言っている自分が恐ろしい（笑）。

井上　あのね、カラオケでずいぶんうまい人がいてね。こんなにうまいんだったら、プロになれるんじゃないかと思ったりする。それはカラオケボックスという空間だと成り立つんですけど、場所が武道館だとかになると……。

沢木　一挙に武道館になっちゃうの（笑）。

井上　東京ドームとか、ああいうところだと、そのカラオケボックスで出た力が出ないんですよね。だから、そこにやっぱりプロというものがあってね。ですから、今の話で言うと、もちろん沢木さんなりの傷のつき方っていうのはあるんでしょうけど、そこで巨万の富を得るとか、上昇ということになると、相当長く張る局面が出てくるでしょ。つまり、武道館で歌う局面が出てくるんですね。そこでコンスタントな気持ちを持てるのかどうか、カラオケ屋で歌ったように。これが難しいところだと思うんですよ。

沢木　そこはポイントだよね。大金が賭けられている場でどう対応できるかという問題は常にありますね。

井上　そこで心が揺れるのか揺れないのか。

沢木　まずは、一億、二億が行き来する中で平然と十万、二十万の持ち金で戦いつづけられるかっていうところが、レベル・ワンだね。僕はそのレベル・ワンには達したわけ。みんなが一億円持っているのに、僕が一日じゅう一万円を単位として賭けてることは全然平気になった。その上で、そいつらも僕が賭けていることでその場が成り立っているということを認識してくれるまでになることが、まあレベル・ツーぐらいかな。さらにこちらが彼らと同じような金額を持ってテーブルについた時にどうかは、ちょっとわかんないね。

井上　新しい世界ですね。

沢木　うん。井上さんのお金を借りて（笑）レベル・スリーに行くっていうのもいいね。

井上　僕も納得がいったらぜひ融資したい（笑）。

沢木　麻雀では、トータルの勝ち負けでいえば、そんなに負けてない？

井上　負けてますよ。色川さんで言うとね、これはもう人知を超えたところの話なんだろうけど、どうしても印象に残るのは、ウラドラっていうのがあるでしょう。あれがつかないんですよ、彼の場合。

沢木　色川さんはウラドラの乗らない人……。

井上　そういうのが僕にはとくべつ印象深かったような気もするけど、できるだけ客観的に見てもつかなかったと思うんです。五木寛之さんはたくさんつくようですね。ああいうのっていうのは、まず人知の及ばないところでね。

沢木　面白いね。それをどう理解するの、井上さんは。

井上　さんざんそこをさまよったあげくの運のなさってあると思うんです。その対極がビギナーズ・ラックですよね。無心というか……。

沢木　そうですね。

井上　無心と逆の形に、例えば色川さんはなってますから、ラックはないんですね。

沢木　ラックを使い果たしたということではないのかな。

井上　それはね、ラックと技術的なものというのは、やっぱりうまい具合にバランスとれてると思いますよ。技術が長じれば長じるほどラックがなくなるみたいなね。

沢木　ああ、なるほど。でも、井上さんはラックがあったなということがありました、麻雀で？

井上　ありましたね、たまにね。

沢木　トータルすれば、ラックがある方だった？

井上　ややないぐらいですかね、トータルすると。

沢木 現実のいろいろなものとはうまくバランスがとれてるという感じ？

井上 そうですね。本業のほうでちょっと大ラックがあったんで、そこら辺はないだろうなと腹はくくってたわけですけどね（笑）。

沢木 本業のほうの大ラックっていうのは、いつごろの時点のことを指してるの。

井上 要するに、レコードが売れたというようなことですよね。

沢木 だけど、ずっと昔のことなのか、最近のことなのか……。

井上 時々あるんです、ラックが。

沢木 そうか。それで十分だね。

井上 何てったって、こうやって歌うたって飯《めし》食えてるという、これが大ラックですね。

沢木 すごいことだよね。

井上 これは百人いて一人いるかいないかぐらいです。

沢木 そんな数ではきかないでしょう。だって、この歳で歌をうたって食っていけるって、驚異的なことだよね。しかも、井上さんがいる場所というのは誰もが羨《うらや》ましいと思うような場所だからね。

井上 これもラッキーですね。

沢木 だからといって、博奕のラックはなくてもいいやと思う？

井上　うん、思いますね。
沢木　すごい境地に達してるよ、やっぱり（笑）。
井上　いや、博奕はいいわ、女にはモテるわ、仕事はいいわじゃ、〝怖い〟っていうやつですよね。
沢木　ほんと？
井上　本当ですよ。
沢木　これはもうチベット僧の境地だね（笑）。
井上　でも、沢木さんも僕と似てるなあと思うところがあってね。さっきの話で言うと、こいつはなかなかやる白人じゃないか、知性もあるし、肚《はら》もすわってるし、スマートだし、しかも目先もきいてるようだ……ロマンがふくれて、あるところでつぶれちゃう。ここら辺のことが楽しいというところがありますね。
沢木　あるよね。
井上　でも、引っ張るだけ引っ張ってほしいですよね。最終的には見えるとしても。
沢木　うん、ほんと。
井上　早目にネタが割れるようじゃ、エッセーにもならないですからね（笑）。
沢木　彼が聞いたら勝手にしやがれと言うだろうけどね（笑）。

あの旅をめぐるエッセイⅥ

恐れずに

単行本あとがき

長かった、と思う。

もちろん、香港《ホンコン》からロンドンまでの道程《みちのり》が長かった、ということもある。しかし、それ以上に長かったのは、二十代の旅の一部始終を、と書き起こした「第一便」の第一行目から、この「第三便」のあとがきに到《いた》るまでの時間だ。長かった、とやはり思う。

この『深夜特急』の旅については、日本に帰った直後から、何とか文字化しようという努力を続けていた。いくつかの試みもしたのだが、常に断片的なものに終わっていた。それをひとつのものにまとめる機会を与えてくださったのは、産経新聞文化部ったのも篠原寛氏だった。この「第一便」と「第二便」は夕刊の小説欄に一年三カ月にわたって連載されたものがもとになっている。

連載の予定期間をはるかに越えてもロンドンに着かないため、イランでいちおう筆を措《お》き、残りは書き下ろしでということになった。「第一便」と「第二便」を同時に刊行した時には、「第三便」もすぐに出せるものと信じていた。だが、それは実に長い「すぐ」ではあった。優に六年はかかってしまったのだから。

理由はいくつかあるが、書き終えたいまはどうでもいいことのように思える。この六年が、この「第三便」には必要だったのだという気さえする。

人は、深く身を浸したことのある経験から自由になるのに、ある程度の時間を必要とするものらしい。

ここに記された『深夜特急』の旅の以後も、私は数多くの旅に出ている。しかし、それらの旅はどこかで『深夜特急』の旅の影響を受けざるをえなかった。つまり、あの旅ほどの徹底性を持たないそれ以後の旅には、常にいくらかの不満が残ることになったのだ。『深夜特急』の旅とは別の、まったく異なる種類の旅ができるようになったのは、ごく最近のことである。この「第三便」を出すことで、私はさらに自由になれるように思う。

旅の『深夜特急』に同行者はいなかったが、書物の『深夜特急』には常に変わらぬ同行者がいた。新潮社の初見國興氏は、遅れに遅れた「第三便」について、苦情らしい苦情をひとことも洩《も》らさず、ただひたすら待ちつづけてくれた。書物の『深夜特急』がどうにかロンドンまで辿《たど》り着けたのも、初見氏の忍耐と友情があればこそだった。

もし、この本を読んで旅に出たくなった人がいたら、そう、私も友情をもってささやかな挨拶を送りたい。

恐れずに。

しかし、気をつけて。

一九九二年九月十九日

沢木耕太郎

あの旅をめぐるエッセイⅦ

若い旅人たちへ

韓国語版あとがき

私にとって初めての外国は韓国でした。二十五歳のとき、飛行機が海を越え、半島の上空に差しかかった瞬間の感動は忘れられません。

——この地から、西に向かってどこまでも歩いていけば、ヨーロッパに達することができるのだ！

もちろん、北朝鮮を通過することはできないでしょうが、そして当時は中国も自由に旅行者を受け入れていなかったので通過できないことはわかっていましたが、原理的には韓国からパリに歩いて行くことはできるのです。なんと素晴らしいのだろう……。

そのときの鮮烈な思いが、この『深夜特急』の旅を生み出したとも言えるのです。

この秋、私はネパールとチベットを往復する旅をしました。ヒマラヤのある山に行くのが主目的でしたが、その途中で印象的な情景をいくつか目にしました。

そのひとつは、何組かの自転車による旅行者とすれ違ったことです。彼らは、男も女も、老いも若きも、とてつもない高度差のある山道を必死に登り下りしていました。大部分は、ヨーロッパからのツアー客で、チベットのラサからネパールのカトマンズまでを自転車で下るというものでした。彼らは、旅行会社が手配した大型車に荷物を預け、体ひとつでペダルをこいでいました。

しかし、そうしたツアー客とは別に、野宿用の大きな荷物を積んで、喘《あえ》ぎながらペダルをこいでいるサイクリストにも何組か出会いました。その中には、アジア系と思われる若者がいましたが、驚いたのはその国籍が実に多様になっていることでした。かつて、私がこの『深夜特急』の旅をしている頃は、シルクロードを移動しているアジア系の若者といえば、ほとんどが日本人でした。ところが、この秋にチベットで出会ったサイクリストやバックパッカーは違っていました。

エベレスト街道をひとりで黙々とペダルをこいでいた若者のヘルメットには韓国の国旗のシールが貼《は》られていました。ティンリからニャラムに向かう一本道では、自転車の荷台に中国の国旗を巻きつけた二人組とすれ違いました。また、チベットとネパールの国境付近では、旅の途中で知り合ったらしい日本の若い男性のバックパッカーと、香港の若い女性の二人組に話しかけられました。

日本だけでなく、多くのアジアの国の若者がアジアを旅するようになっている。そのことは実に新鮮な驚きでした。

そういえば、チベットの旅館や食堂の窓ガラスには、韓国の登山隊のステッカーがどの国のものより多く貼られていました。たぶん、クライマーだけでなく、韓国の若者たちは、かつて私がしたような旅を、ごく普通にするようになっているのでしょう。

しかし、そうした旅を気軽にできるようになった若者たちに対して、私が微《かす》かに危《き》惧《ぐ》を抱く点があるとすれば、旅の目的が単に「行く」ことだけになってしまっているのではないかということです。大事なのは、「行く」過程で、何を「感じ」られたかということであるはずだからです。目的地に着くことよりも、そこに吹いている風を、流れている水を、降り注いでいる光を、そして行き交う人をどのように感受できたかということの方がはるかに重要なのです。

もし、あなたが旅をしようかどうしようか迷っているとすれば、私はたぶんこう言うでしょう。

「恐れずに」

それと同時にこう付け加えるはずです。

「しかし、気をつけて」

異国はもちろんのこと、自国においてさえ、未知の土地というものは危険なものです。まったく予期しない落とし穴がそこここにあります。しかし、旅の危険を察知する能力も、旅をする中でしか身につかないものなのです。旅は、自分が人間としていかに小さいかを教えてくれる場であると共に、大きくなるための力をつけてくれる場でもあります。つまり、旅はもうひとつの学校でもあるのです。入るのも自由なら出るのも自由な学校。大きなものを得ることもできるが失うこともある学校。教師は世界中の人々であり教室は世界そのものであるという学校。もし、いま、あなたがそうした学校としての旅に出ようとしているのなら、もうひとつ言葉を贈りたいと思います。

「旅に教科書はない。教科書を作るのはあなたなのだ」

と。

沢木耕太郎

この作品は、一九九二年十月新潮社より刊行された『深夜特急　第三便』の後半部分です。

沢木耕太郎著
波の音が消えるまで
―第1部 風浪編／第2部 雷鳴編／第3部 銀河編―
漂うようにマカオにたどり着いた青年が出会ったバカラ。「その必勝法をこの手にしたい」――。著者渾身のエンターテイメント小説！

山本周五郎著
樅ノ木は残った
毎日出版文化賞受賞（上・中・下）
仙台藩主・伊達綱宗の逼塞。藩士四名の暗殺と幕府の罠――。伊達騒動で暗躍した原田甲斐の人間味溢れる肖像を描き出した歴史長編。

山本周五郎著
正雪記
（上・下）
染屋職人の伜から、〝侍になる〟野望を抱いて出奔した正雪の胸に去来する権力への怒り。超大な江戸幕府に挑戦した巨人の壮絶な生涯。

山本周五郎著
赤ひげ診療譚
貧しい者への深き愛情から〝赤ひげ〟と慕われる、小石川養生所の新出去定。見習医師との魂のふれあいを描く医療小説の最高傑作。

山本周五郎著
寝ぼけ署長
署でも官舎でもぐうぐう寝てばかりの〝寝ぼけ署長〟こと五道三省が人情味あふれる方法で難事件を解決する。周五郎唯一の警察小説。

山本周五郎著
季節のない街
生きてゆけるだけ、まだ仕合わせさ――。貧民街で日々の暮らしに追われる住人たちの15の悲喜を描いた、人生派・山本周五郎の傑作。

阿川弘之著

井上成美

日本文学大賞受賞

帝国海軍きっての知性といわれた井上成美の戦中戦後の悲劇――。「山本五十六」「米内光政」に続く、海軍提督三部作完結編！

吉村昭著

破船

嵐の夜、浜で火を焚いて沖行く船をおびき寄せ、坐礁した船から積荷を奪う――サバイバルのための苛酷な風習が招いた海辺の悲劇！

吉村昭著

羆（ひぐま）

愛する若妻を殺した羆を追って雪山深く分けいる中年猟師の執念と矜持――表題作のほか「蘭鋳」「軍鶏」「鳩」等、動物小説5編。

吉村昭著

破獄

読売文学賞受賞

犯罪史上未曽有の四度の脱獄を敢行した無期刑囚佐久間清太郎。その超人的な手口と、あくなき執念を追跡した著者渾身の力作長編。

吉村昭著

雪の花

江戸末期、天然痘の大流行をおさえるべく、異国から伝わったばかりの種痘を広めようと苦闘した福井の町医・笠原良策の感動の生涯。

吉村昭著

脱出

昭和20年夏、敗戦へと雪崩れおちる日本の、辺境ともいうべき地に生きる人々の生き様を通して、〈昭和〉の転換点を見つめた作品集。

S・シン
青木 薫訳

フェルマーの最終定理

数学界最大の超難問はどうやって解かれたのか？ 3世紀にわたって苦闘を続けた数学者たちの挫折と栄光、証明に至る感動のドラマ。

S・シン
青木 薫訳

暗号解読（上・下）

歴史の背後に秘められた暗号作成者と解読者の攻防とは。『フェルマーの最終定理』の著者が描く暗号の進化史、天才たちのドラマ。

S・シン
青木 薫訳

宇宙創成（上・下）

宇宙はどのように始まったのか？ 古代から続く最大の謎への挑戦と世紀の発見までを生き生きと描き出す傑作科学ノンフィクション。

S・シン
E・エルンスト
青木 薫訳

代替医療解剖

鍼、カイロ、ホメオパシー等に医学的効果はあるのか？ 二〇〇〇年代以降、科学的検証が進む代替医療の真実をドラマチックに描く。

レマルク
秦 豊吉訳

西部戦線異状なし

著者の実際の体験をもとに、第一次大戦における兵士たちの愛と友情と死を描いて、反戦小説として世界的な反響を巻き起した名作。

G・グリーン
上岡伸雄訳

情事の終り

「私」は妬心を秘め、別れた人妻サラを探偵に監視させる。自らを翻弄した女の謎に近づくため——。究極の愛と神の存在を問う傑作。

日はまた昇る
ヘミングウェイ 高見浩訳
灼熱の祝祭。男たちと女は濃密な情熱と血のにおいに包まれて、新たな享楽を求めつづける。著者が明示した〝自堕落な世代〟の矜持。

武器よさらば
ヘミングウェイ 高見浩訳
熾烈をきわめる戦場。そこに芽生え、激しく燃える恋。そして、待ちかまえる悲劇。愚劣な現実に翻弄される男女を描く畢生の名編。

移動祝祭日
ヘミングウェイ 高見浩訳
一九二〇年代のパリで創作と交友に明け暮れた日々を晩年の文豪が回想する。痛ましくも麗しい遺作が馥郁たる新訳で満を持して復活。

誰がために鐘は鳴る（上・下）
ヘミングウェイ 高見浩訳
スペイン内戦に身を投じた米国人ジョーダンは、ゲリラ隊の娘、マリアと運命的な恋に落ちる。戦火の中の愛と生死を描く不朽の名作。

ハツカネズミと人間
スタインベック 大浦暁生訳
カリフォルニアの農場を転々とする二人の渡り労働者の、たくましい生命力、友情、ささやかな夢を温かな眼差しで描く著者の出世作。

怒りの葡萄（上・下）
ピューリッツァー賞受賞
スタインベック 伏見威蕃訳
天災と大資本によって先祖の土地を奪われた農民ジョード一家。苦境を切り抜けようとする、情愛深い家族の姿を描いた不朽の名作。

カミュ
窪田啓作訳
異邦人
太陽が眩しくてアラビア人を殺し、死刑判決を受けたのちも自分は幸福であると確信する主人公ムルソー。不条理をテーマにした名作。

カミュ
清水徹訳
シーシュポスの神話
ギリシアの神話に寓して〝不条理〟の理論を展開、追究した哲学的エッセイで、カミュの世界を支えている根本思想が展開されている。

カミュ
宮崎嶺雄訳
ペスト
ペストに襲われ孤立した町の中で悪疫と戦う市民たちの姿を描いて、あらゆる人生の悪に立ち向うための連帯感の確立を追う代表作。

カミュ
高畠正明訳
幸福な死
平凡な青年メルソーは、富裕な身体障害者の〝時間は金で購われる〟という主張に従い、彼を殺し金を奪う。『異邦人』誕生の秘密を解く作品。

カミュ・サルトル他
佐藤朔訳
革命か反抗か
人間はいかにして「歴史を生きる」ことができるか——鋭く対立するサルトルとカミュの間にたたかわされた、存在の根本に迫る論争。

カミュ
大久保敏彦
窪田啓作訳
転落・追放と王国
暗いオランダの風土を舞台に、過去という楽園から現在の孤独地獄に転落したクラマンスの懊悩を捉えた「転落」と「追放と王国」を併録。

新潮文庫最新刊

百田尚樹著
夏の騎士
あの夏、ぼくは勇気を手に入れた――。騎士団を結成した六年生三人のひと夏の冒険と小さな恋。永遠に色あせない最高の少年小説。

佐藤愛子著
冥界からの電話
ある日、死んだはずの少女から電話がかかってきた。それも何度も。97歳の著者が実体験よりたどり着いた、死後の世界の真実とは。

西村京太郎著
さらば南紀の海よ
特急「くろしお」爆破事件と余命僅かな女の殺人事件。二つの事件をつなぐ鍵は、30年前の白浜温泉にあった。十津川警部は南紀白浜に。

宇能鴻一郎著
姫君を喰う話
―宇能鴻一郎傑作短編集―
官能と戦慄に満ちた物語が幕を開ける――。芥川賞史の金字塔「鯨神」、ただならぬ気配が立ちこめる表題作など至高の六編。

一條次郎著
ざんねんなスパイ
私は73歳の新人スパイ、コードネーム・ルーキー。市長を暗殺するはずが、友達になってしまった。鬼才によるユーモア・スパイ小説。

月原渉著
炎舞館の殺人
死体は〈灼熱密室〉で甦る！窯の中のばらばら遺体。消えた胴体の謎。二重三重の事件に浮かび上がる美しくも悲しき罪と罰。

新潮文庫最新刊

恩田陸・阿部智里
宇佐美まこと・彩藤アザミ
澤村伊智・清水朔
あさのあつこ・長江俊和 著

あなたの後ろにいるだれか
—眠れぬ夜の八つの物語—

恩田陸の学園ホラー、阿部智里の奇妙な怪談、澤村伊智の不気味な都市伝説……人気作家が競作、多彩な恐怖を体感できるアンソロジー。

末盛千枝子著

「私」を受け容れて生きる
—父と母の娘—

それでも、人生は生きるに値する。美智子様のご講演録『橋をかける』の編集者が自身の波乱に満ちた半生を綴る、しなやかな自叙伝。

益田ミリ著

マリコ、うまくいくよ

社会人二年目、十二年目、二十年目。同じ職場で働く「マリコ」の名を持つ三人の女性達の葛藤と希望。人気お仕事漫画待望の文庫化。

S・シン
青木 薫 訳

数学者たちの楽園
—「ザ・シンプソンズ」を作った天才たち—

アメリカ人気ナンバー1アニメ『ザ・シンプソンズ』。風刺アニメに隠された数学トリビアを発掘する異色の科学ノンフィクション。

M・キャメロン
田村源二訳

密約の核弾頭（上・下）

核ミサイルを積載したロシアの輸送機が略奪された。大統領を陥れる驚天動地の陰謀とは？ ジャック・ライアン・シリーズ新章へ。

企画 新潮文庫編集部

ほんのきろく

読み終えた本の感想を書いて作る読書ノート。最後のページまで埋まったら、100冊分の思い出が詰まった特別な一冊が完成します。

深《しん》夜《や》特《とっ》急《きゅう》6

―南ヨーロッパ・ロンドン―

新潮文庫　さ - 7 - 56

平成六年六月一日 発行
令和元年六月十日 六十三刷
令和二年九月一日 新版発行
令和三年七月二十日 二刷

著者 沢《さわ》木《き》耕《こう》太《た》郎《ろう》

発行者 佐藤隆信

発行所 株式会社 新潮社

郵便番号 一六二―八七一一
東京都新宿区矢来町七一
電話 編集部(〇三)三二六六―五四四〇
読者係(〇三)三二六六―五一一一
https://www.shinchosha.co.jp

価格はカバーに表示してあります。

乱丁・落丁本は、ご面倒ですが小社読者係宛ご送付ください。送料小社負担にてお取替えいたします。

印刷・株式会社光邦　製本・株式会社大進堂

ISBN978-4-10-123533-2 C0126